Ferit Edgü

Ein Sommer im Septemberschatten

Ferit Edgü

Ein Sommer im Septemberschatten

Aus dem Türkischen
von Sezer Duru

Unionsverlag
Zürich

Die türkische Originalausgabe erschien unter dem Titel
Eylülün Gölgesinde Bir Yazdi im Verlag Ada Yayinlari, Istanbul

Umschlaggestaltung: Heinz Unternährer, Zürich
Foto: Siyah Beyaz
Satz: Jung SatzCentrum, Lahnau
Druck und Bindung: Franz Spiegel Buch GmbH, Ulm
ISBN 3-293-00155-6

Inhalt

I. Teil

ÇAKIRS GESCHICHTE

»Und all dies erschallt aus der Tiefe
einer anderen Wirklichkeit . . .«

Fernando Pessoa
Passagem das horas (Stundenzug)

Nein, ich habe Çakirs Geschichte nicht geschrieben. Obwohl ich wollte, habe ich sie nicht geschrieben. Ein halbes Jahrhundert ist seither vergangen. Beinahe.
Jedesmal, wenn ich zu schreiben ansetzte, sah ich, daß ich einer Möglichkeit und einer Unmöglichkeit gegenüberstand.
Die Möglichkeit: Worte. Die Unmöglichkeit: Welche?
Die Möglichkeit: Erinnerungen. Die Unmöglichkeit: Worte.
Ich wollte sie schreiben, sicher, eines Tages wollte ich es tun, mit all meinen Möglichkeiten und Unmöglichkeiten. Zum Schreiben mußte ich mich jedoch über all dies hinwegsetzen. Es gelang mir nicht. Als ich glaubte, es geschafft zu haben, sah ich, daß ich mich irrte.
Ich war ein Schriftsteller, der phantasierte. Damals. Phantasierte und Ordnung schuf.
Der nur dann schrieb, wenn er Ordnung geschaffen hatte. Der dann schreiben konnte. Auch wenn das, was er schrieb, ziemlich unordentlich war. Wie das Leben. Immerhin schrieb ich bis heute ein paar Zeilen. Ein paar Zeilen, die nicht meinem Talent zum Opfer fielen. Auch wenn sie nicht veröffentlicht wurden. Das Opfer war ich. Das Opfer der Worte, der Erinnerungen, der Möglichkeiten, der Unmöglichkeiten. Niemand, kein Toter und kein Lebender, half mir. Ich wollte auch gar keine Hilfe. Meine Zeitgenossen enttäuschten mich. Ich selber wollte nie-

manden enttäuschen. Mit größter Wahrscheinlichkeit hatte das, was ich schrieb, keine Bedeutung. Keinen Wert. Wenn ich ab und zu im Heiligen Buch las, stellte ich es selber fest.
Man kann, solange man nicht veröffentlicht, korrigieren. Korrigieren ist Selbstkritik. Nach der Veröffentlichung ist das unmöglich. Dann muß man dafür einstehen. Dulden können. Oder es nicht ernst nehmen. Veröffentlichen heißt ernst nehmen. Ich habe niemanden gekannt, der Kritik nicht ernst nähme und erduldete. Diese Tatsache erschreckte mich. Wenn ich das, was ich schrieb, ernst genommen und veröffentlicht hätte, dachte ich, würde die Kritik der Außenwelt, wenn sie auch stimmte, mich verletzen, und ich müßte, um meine Verletzungen zu heilen, mich, das heißt das, was ich geschrieben hatte, verteidigen. Aus diesem Grunde veröffentlichte ich nicht.
Solange ich nicht veröffentliche, bin ich selber mein härtester Kritiker und fühle mich deswegen keineswegs verletzt. Dadurch bin ich auch nicht gezwungen, mich gegenüber irgend jemandem zu verteidigen. Erst recht nicht gegenüber dem Leser. Hat mich all das abgehalten, Çakirs Geschichte zu schreiben?
Vierzig Jahre später bin ich einundfünfzig, und Çakir starb, als ich zehn Jahre alt war.
Man braucht sich nicht zu wundern. Ich wußte, daß ich es eines Tages schreiben würde. Als ich damit begann, schrieb ich gleich nach meinen Erstlingsgedichten Çakirs Geschichte. Ich schrieb sie nicht. Ich wußte durchaus, wo ich anfangen, sogar, wie ich anfangen sollte. In etwa. Ich wußte alles. Wie alle Jugendlichen. Ich wußte wirklich alles, zumindest, was ihn betraf. Er selbst hatte es in den langen Winternächten erzählt, als ob er gewußt hätte, daß ich es eines Tages aufschreiben würde, und gewollt hätte,

daß ich es schrieb, wie er auch meine Hände in seine nahm, während er mich bei meinen Fieberkrankheiten pflegte, und sagte: »Hör zu, ich werde dir jetzt ein Märchen erzählen, du kannst es eines Tages einem anderen weitererzählen.« Oder später, als er sein Pferd striegelte und ich mich ihm näherte: »Warum bist du immer hinter mir her? Warum beobachtest du mich immer? Ach, auch du bist eine verlorene arme Seele wie ich.« Oder wie er eines Winterabends, als wir uns alle nach dem Essen um die Holzkohlenglut versammelt hatten, meinem Vater sagte: »Wißt Ihr, Herr, Ihr habt einen seltsamen Sohn, er schreibt jedes Märchen, das ich ihm erzähle, verändert in sein Heft auf«. Darauf mein Vater: »Woher weißt du das, Çakir, du bist doch Analphabet?« Er erwiderte: »Aber er liest mir vor, was er geschrieben hat.« Und mein Vater fragte: »Was ist daran so schlimm?« Worauf er: »Ich weiß nicht, was daran so schlimm ist, aber wenn er in seinem Alter alles, was ich erzähle, verändert schreibt, habe ich Angst, daß er, wenn er älter ist, auch von uns so erzählt.« Und mein Vater: »Ich dachte, du fürchtest dich vor nichts?« Er antwortete: »Ich habe keine Angst um mich, ich habe Angst um ihn.« Und als mein Vater fragte »Um wen?«, erwiderte er »Um ihn, um Euern Sohn«. »Da braucht man sich keine Sorgen zu machen, denn es ist lauter sinnloses Kinderzeug, was er schreibt.« »Nein, sagt das nicht, es ist gar nicht so unsinniges Zeug, er verändert meine Erzählung, fügt Nichterzähltes hinzu, liest es mir vor, das ist alles gar nicht unsinnig, er schreibt wie ein Erwachsener.« »Red keinen Blödsinn, Çakir, du brauchst keine Angst zu haben, er ist noch ein Kind.« Er antwortete: »Ich habe eigentlich keine Angst, aber ich gebe es Euch zu bedenken.« Während er einen Schluck von seinem Raki nahm, sagte mein Vater: »Was kann denn dieses Kindergeschreibsel schon bedeuten, er schreibt's einfach so hin.« Worauf er, ebenfalls von seinem Raki trinkend, sagte: »Ihr habt recht, Herr, ich rede Unsinn.« Aber das, was er eben gesagt hatte, glaubte er nicht, und ich erinnere mich daran, daß ich in jenem Alter wußte, daß er der einzige Mensch war, der mich ernst nahm, daß er spürte, daß seine Zukunft in meinen Händen lag. Dennoch brachte ich es nicht fertig, seine Geschichte zu schreiben. Wie Gott nicht jeden blind, lahm, bucklig schuf, schuf er auch nicht jeden als Dichter oder Schriftsteller.

Er hatte einen Buckel.

Ein buckliges Waisenkind. Es schien nicht er zu sein, der all diesen Schmerz, dieses Elend, diese Armut, diese Einsamkeit erlebte.

Er hatte sich eine eigene Lebensart geschaffen und war ein besonderer Mensch. Ich sage das heute, nach einem halben Jahrhundert.

Meine ersten Schriftstellerfragen: »Hast du deine Eltern nie gekannt, Çakir? Bist du von Geburt an ein Waisenkind gewesen?«

Die erste Waisenantwort, die ich bekam: »Ich habe weder meine Mutter noch meinen Vater gekannt. Verschiedene Leute zogen mich groß. Es waren so viele, ich bin so oft von einem zum anderen gegangen, daß ich mich nicht erinnere, wer mich großzog. Ich arbeitete von Kindheit an. Wer nicht arbeitet, bekommt kein Brot. Vergiß das nie, mein Kind. Ich machte vielerlei Arbeit. Wahrscheinlich wurde ich Kutscher, weil ich immer in Scheunen und Ställen schlief. Ich wuchs mit den Pferden auf.«

»Immer mit Pferden?«

»Seitdem ich denken kann. So sehr, daß ich mich mit ihnen unterhalte.«

»Sprechen die Pferde auch mit dir?«
»Ja. Nicht nur meine Pferde, alle Pferde sprechen mit mir.«
»Dann bringe auch mir bei, mit den Pferden zu reden.«
»Sieh, das kann man niemandem beibringen.«
»Warum nicht?«
»Man muß im Stall geboren, im Stall mit ihnen groß geworden sein.«
»Wie ein Fohlen?«
»Der Mensch ist wie ein junges Pferd, ja, du hast es richtig getroffen.«
»In welcher Sprache unterhältst du dich mit den Pferden?«
»In keiner Sprache. In welcher Sprache kann man sich denn schon mit Pferden unterhalten? In keiner Sprache.«
»Sie verstehen aber deine Sprache, nicht wahr?«
»Ja. Und ich die ihre.«
»Kannst Du mir das nicht beibringen?«
»Ich glaube nicht.«
»Ist es sehr schwer?«
»Es ist nicht schwer, es ist etwas anderes. Mit den Menschen nicht sprechen zu können und mit den Pferden zu sprechen.«
»Wie geschieht das?«
»Von selbst.«
»Wer hat dir denn die Märchen, die du mir erzählst, beigebracht?«
»Die Pferde.«
»Erzählen dir die Pferde auch Märchen?«
»Ja, wenn es Nacht wird, wenn im Stall die Öllampe ausgeht, erzählen entweder sie mir ein Märchen oder ich ihnen.«
»Kann ich auch eine Nacht zuhören?«
»Ich erzähle dir doch die Märchen.«
»Ich möchte aber die Märchen der Pferde hören.«

»Die erzähle ich dir auch. Glaubst du, daß ich sie alle selber erfinde?«
»Ich möchte sie aber von Pferdestimmen hören.«
»Sie haben keine Stimmen. Sie erzählen ihre Märchen schweigend.«
»Wie erzählst du sie denn?«
»In einer Sprache, die du verstehst.«
»Erzählst du sie auch anderen?«
»Andere verstehen sie nicht.«
»Hast du es versucht?«
»Ja. Sogar dein Vater versteht sie nicht.«

Die Geschichte von Çakir, der die Märchen, welche ihm die Pferde erzählten, und solche, die er den Pferden erzählte, an mich weitergab, vermochte ich vielleicht deshalb nicht zu schreiben, weil ich bis heute niemanden fand, dem ich sie erzählen konnte. Das mag ein Trost sein.
Ich fürchte, daß es so ist.
Eigentlich gab es für die Geschichte, die ich erzählenswert fand und erzählen mußte, aber bis heute nicht schrieb, neben anderen mir zugestoßenen Unmöglichkeiten noch ein Hindernis: Wen würde die Geschichte eines buckligen Kutschers interessieren, der in einem Winkel von Istanbul mit seinen Pferden lebte und starb und der einem Kind, um es zu trösten, selbsterfundene Märchen erzählte? Çakir. Er hat niemals gewählt. Denn keinem einzigen Beamten fiel es ein, während der Aufstellung der Wählerliste in einen Stall zu schauen, um zu sehen, ob da noch ein Wähler sein könnte.
Çakir. Er hat niemals jemanden des anderen Geschlechts geliebt. Çakir. Niemanden vom anderen Geschlecht, keine blinde, hinkende, bucklige, häßliche zwergwüchsige, keine einzige Frau hat ihn gesehen, mit ihm geliebt-

äugelt, ihn angesprochen. Niemals verspürte Çakir ein solches Verlangen. Oder aber er zeigte es nicht.
Dennoch hat er deswegen zu keinem Menschensohn und keiner Menschentochter Haß entwickelt. Das Gefühl der Liebe war ihm nicht fremd. Im Gegenteil, ich habe nur wenige Menschen kennengelernt, die so voller Liebe waren wie er. Nicht nur die Pferde, seine Kutsche, mich, meinen Vater, sondern auch die Gurken, die Tomaten, die Paprikaschoten, die Zwiebeln in seinem Garten liebte er. Zu jeder Jahreszeit. Sogar die Raben liebte er, die sich über die Feigenbäume hermachten, welche die Grenzen seines Gartens bildeten. Ich habe ihn kein einziges Mal seinen Stock schwingen, einen Stein werfen oder in seinem Garten eine Vogelscheuche aufstellen sehen, um die Raben zu vertreiben.
Dieser Mensch hatte sich im Leben einen Platz geschaffen, als sei er kein Mensch dieses Landes, schon gar nicht dieser Welt.
Wie konnte die Geschichte eines solchen Menschen erzählt werden?
Wem erzählt werden?
Wer glaubt sie?
Wenn ich heute all diese Fragen stelle, dann sind es Fragen, die mehr mit meinem Schreiben zu tun haben als mit Çakirs Leben. Wenn ich der Kraft meines Schreibens vertraute, würde ich Çakir in viele Situationen versetzen, unglückliche Geschichten von der Liebe hervorholen, die er sein Leben lang kein einziges Mal erlebt hat, seine Beziehung zu meinem Vater erwähnen, der verachtete, verfemte, ins Abseits gedrängte Menschen in sein Haus und an seinen Tisch holte, sie als Clowns und zugleich als seinesgleichen behandelte, und all das als Anhaltspunkte einer überkommenen Herr-Knecht-Beziehung erörtern.

Wer würde einer solchen Geschichte oder einem solchen Roman widerstehen?
Dabei gab es dies alles in Çakirs Leben nicht. Er *existierte* nur. Dort. Im Leben selbst.
Derart unbelastet war sein Leben. Nein, er war nicht jemand, der den Kopf hängen ließ, sich mit dem Schicksal abfand. Warum sollte er sich auch abfinden? Abfinden hieße, sich der Existenz eines anderen Lebens zu beugen. Er dagegen, eins mit seinen Pferden im Stall, mit seinem selbstangebauten Salat und seinen Zwiebeln im Garten, beugte sich vor nichts und niemandem, wenn er abends zusammen mit meinem Vater dasselbe Essen aß und denselben Raki trank. Er würde es vielleicht hinnehmen. Niemand aber hat von ihm dergleichen verlangt. War er sich dessen bewußt? Ich weiß es nicht. Ich kannte nicht sein Bewußtsein, sondern die Kraft seiner Phantasie.
Diese Kraft war so stark, daß er, wenn ich ihn zu irgendeiner Stunde des Tages, des Abends oder der Nacht, wann auch immer, bat, »Çakir, erzähle mir ein Märchen«, daß er mich fragte, was für ein Märchen es sein solle. Wenn ich sagte »Ein lustiges Märchen«, fragte er: »Tiergeschichten oder Menschengeschichten?« Wenn ich »Tiergeschichten« sagte und er mir ein Märchen mit Hähnen und Hühnern, Enten, Gänsen, Windhunden, Steinmardern, Wölfen erzählte, fragte ich mich, was er wohl erzählt hätte, wenn ich eine Menschengeschichte von ihm verlangt hätte.

An einem regnerischen, langweiligen Sonntag, versunken im Sessel gegenüber dem Kachelofen, blätterte ich im Familienalbum und stellte fest, daß es in diesem Album kein einziges Foto von Çakir gab. Eigentlich gab es auch wenige Fotos von meinem Vater. Nur ein einziges Ju-

gendfoto. Warum sollte es ein Foto von Çakir im Familienalbum geben? Çakir zählte zur Familie. Er gehörte viel mehr zur Familie als die Tanten und Schwägerinnen, die das Fotoalbum mit ihren Bildern füllten. Sicherlich gab es nicht nur in diesem, sondern in keinem einzigen Familienalbum ein Foto von Çakir.
Da er auch nicht zum Militärdienst mußte, ist er wahrscheinlich nie im Leben photographiert worden.
Unter diesen verblaßten, vergilbten Bildern im Album fiel mir eines aus meiner Kindheit auf: Eine Hand hielt über meinem Kopf einen Sonnenschirm. Eine andere Gestalt, die halb zu sehen war und im Gegenlicht stand, schien mir mit einem Löffel in der Hand etwas zum Essen zu geben. Ich war wohl vier oder fünf Jahre alt. Ein magerer Junge. Kränklich blaß. Natürlich erkannte ich mich sofort. Ich nahm das Foto aus dem Album, da ich neugierig auf mein Alter war. Meine Mutter schrieb gewöhnlich die Daten auf die Rückseite. Auf diesem Foto war keines. Ich versuchte mich an jenen Tag zu erinnern. Ich erinnerte mich an den Sonnenschirm. An Sommertagen gab man mir diesen Sonnenschirm, wenn ich in den Garten ging, damit ich keinen Hitzschlag bekäme. An jenem Tag aber (als das Foto gemacht wurde) hielt eine andere Hand den Sonnenschirm. Wessen Hand? Jemand fütterte mich. Wer? Ich stand auf, holte mein Vergrößerungsglas und begann das Bild genauer anzuschauen. Und ich erkannte die Gestalt mit dem Löffel in der Hand! Es war Çakir. Sein Gesicht sah man von der Seite. Im Bild waren nur sein Gesicht, seine rechte Hand mit dem Löffel, die meinem Munde etwas reichte, und seine Brust zu sehen. Sein Gesicht war so undeutlich, als sei es nicht vorhanden. Von dem einzigen von Çakir übriggebliebenen, vergilbten Bild angeregt, begann ich zu träumen: Hunderte nicht ge-

machter Fotos von Çakir zogen an meinen Augen vorüber. Ich mußte mich an die Worte halten, um die nicht vorhandenen Fotos zu erschaffen. So entstand

DIE (FOTOBIOGRAFISCHE) GESCHICHTE ÇAKIRS

Nun war der Titel gefunden, und ich konnte Çakirs Geschichte schreiben. Wenn auch vierzig Jahre nach seinem Tode.

Noch am gleichen Tag setzte ich mich an die Arbeit. Und jeden Tag träumte ich ein einziges Bild. Nur dieses setzte ich dann in Worte um. Als mein Abenteuer der Fotobeschreibung, das einen Monat dauerte, zu Ende ging, war ein Wörteralbum entstanden, das Ausschnitte von Çakirs Leben beinhaltete. Ich wußte, daß es keine Schriftstellerei war. Es war eine Art, wie soll ich es ausdrücken, eine Art Vortäuschung. Was soll's!

Da ich dieses Album, das ich träumte, niemals veröffentlichen werde, werde ich auch niemanden täuschen.

Und wenn schon! War Çakirs Leben nicht ein Märchen?

Wo doch heute Fotoromane die Märchen ersetzen . . .

Foto 1

Ein etwa zweijähriges Kind. Auf einem staubigen Weg. Weit und breit ist kein lebendes Wesen außer ihm zu sehen. Weder Mensch noch Tier.

Auch kein Gegenstand. Nur ein Weg.

Das Kind, eine Hand an der Nase, weint. Es sieht so aus, als habe es Mühe, aufrecht zu stehen.

Ein verlassenes, einsames Kind. Seine Mutter hat es verlassen.

Wahrscheinlich wird sie nicht zurückkehren und es suchen. Vielleicht wird das Bild dieses rundlichen, verlassenen Kindes in irgendeiner Zeitung erscheinen. Wahrscheinlich mit dem Begleittext: »Ein verlassenes Kind wurde mitten auf der Straße aufgefunden. Das körperbehinderte Kind ohne Identität wurde dem Waisenhaus übergeben.«

Foto 2

Kinder verschiedenen Alters sitzen an einem langen Eßtisch.

Vor ihnen Blechteller, in ihren Händen halten sie Löffel, sie essen.

Hinter ihnen steht ein dicker Mann in einer weißen Schürze. Vielleicht der Koch.

Eines der Kinder reicht mit dem Hals gerade zur Tischkante, es muß also sehr klein sein. Es hält den Blechlöffel fest in der Hand. Man sieht, daß es nur mühsam mit dem Löffel umgehen kann, da es sehr klein ist. Eines der Kinder neben ihm schaut es an und lacht. Der Mann in der weißen Schürze hat seine Hände hinter dem Rücken verschränkt, er sieht ins Objektiv. Nur wenige der Kinder schauen ins Objektiv. Die Blicke der meisten Kinder ruhen auf den Tellern. Wohin das Kind schaut, das den Löffel so mühsam hält, ist nicht erkennbar.

Nein, stimmt nicht: es schaut auf den Löffel in seiner Hand.

Foto 3

Ein Melonenstand. Laternen aus ausgehöhlten Melonen sind aufgehängt. Inmitten der Melonen steht Çakir. Er hält in der einen Hand ein Messer, in der anderen mühevoll eine riesige Melone. Mit dem Messer in seiner rechten Hand hat er in die Melone gestochen. Er ist sich sicher, daß diese Melone blutrot ist. Vielleicht rief er, als das Foto geknipst wurde, mit seiner seltsamen Stimme: *Ich habe die Melone aufgeschnitten, Blut ist herausgeflossen . . .*

Foto 4

Çakir und ein Hund zu seinen Füßen. Ein Straßenhund.
Der Hund ist Çakir offensichtlich ganz ergeben. Sein Maul steht offen, die Zunge hängt heraus, seine Augen sind auf Çakir geheftet.
Auch Çakirs Blick liegt auf dem Hund. Die beiden wirken wie zwei Kumpane.

Foto 5

Çakir an einem Grab. Das Grab ist von Gras überwuchert. Çakir sitzt am Grabstein, er ist traurig.
Auf dem Grabstein ist in feiner, schöner Schrift zu lesen:

Gott ist ewig
ÜMMÜ CAN
Nie hat sie etwas Schönes erleben können
(1879 – 1902)
Gott habe ihre Seele

Vielleicht ist es das Grab von Çakirs Mutter, das er nach langem Suchen gefunden hat.
Vielleicht hat nur das Todesdatum auf dem Stein ihn zu diesem Grab gezogen.
In Çakirs Geburtsurkunde steht das Jahr 1902.* Unter der Rubrik *Name der Mutter* ist nicht *ÜMMÜ* eingetragen.

* *Çakir hat mir einmal erzählt, daß seine Mutter bei seiner Geburt starb und daß sein Vater sie schon vorher verlassen hatte. Wie kann ein Kind, das seine Eltern nicht gekannt hat, das alles wissen. Ein Kind stellt sich solche Fragen nicht.*

Foto 6

Çakir auf einem Schleppkahn in einem der Ölhäfen am Goldenen Horn.
Das ganze Foto ist voller Schleppkähne. Auf ihnen sind viele Menschen wie Çakir zu sehen – das Elend ist auf den fotografierten Gesichtern zu lesen.
Çakirs Menschengesicht sticht unter all diesen ärmlichen Gesichtern hervor, weil es als einziges lächelt.
Er ist mitten im Bild. An jeder Hand hält er einen riesigen Bonito.*

* *Meine erste Angel hat mir Çakir aus Pferdeschwanzhaar geflochten.*

Foto 7

Çakir vor dem Laden mit den eingelegten Waren. Am Schaufenster sind Gläser aufgereiht. Auf den Gläsern steht

EINGELEGTES AUS ZINCIRLIKUYU

Hinter den Gläsern sieht man ziemlich undeutlich den Kopf eines alten Mannes. Er muß sein Arbeitgeber sein. Çakir sieht auf dem Foto aus, als hätte er, bevor dieses Bild gemacht wurde, ein paar eingelegte Gurken und einige Stücke vom eingelegten Weißkohl * ohne Wissen seines glatzköpfigen Arbeitgebers gegessen.

* *Ich erinnere mich daran, daß Çakir an Wintertagen ab und zu meiner Mutter eingelegten Weißkohl brachte, den sie mit Reisbrei kochte. Es waren Kriegsjahre.*

Foto 8

Çakir steht in einem Halvaladen hinter der Theke. Neben ihm sein Meister; ein großer Mann, wie ein Typ aus Kastamonu, mit großen Augen. Man kann aus Çakirs Gesicht nichts herauslesen.
Er sieht weder glücklich noch unglücklich aus. Sein Meister hält ein riesiges Messer in der Hand. Auf der marmornen Theke stehen Sesamölhalvas in verschiedenen Größen.
Vor Çakir eine Katze.
Çakirs rechte Hand liegt auf der Katze.
Die Katze hat den Halvas ihren Hintern zugewandt.

Foto 9

Çakir zwischen zwei Gendarmeriesoldaten. Seine Hände in Handschellen. Es sieht so aus, als ob er sich ziemlich viel Mühe gäbe, seinen Kopf möglichst aufrecht zu halten.
Es ist ein Zeitungsfoto. Von dem Text unter dem Foto erfahren wir, daß er jemanden verwundet haben soll .*

* *In Wirklichkeit war Çakir verwundet.*
Eines Tages hat er mir die tiefe Messernarbe auf seiner Schulter gezeigt und gesagt: »Auch das habe ich in meiner Jugend erlebt. Ich wurde verwundet, und man legte mir Handschellen an. Dein Vater rettete mich. Ein jüdischer Arzt hat dann gleich meine Wunde behandelt. Ich trug niemals eine Waffe bei mir außer diesem Gartenmesser. Und dieses Messer habe ich nur im Garten verwendet.«

Foto 10

Çakir in einem Boot, am Ruder. Sein Hemd ist offen. Um den Hals trägt er ein riesiges Tuch. Seine Augen lachen. Als ob er auf einen Kunden wartet. Oder auf mehrere Kunden.

Ich weiß aber, daß wir – ich, meine Schwester, die Freundin meiner Schwester, Zehra, meine Mutter, die Nachbarin meiner Mutter, Frau Kiymet, ihre Tochter Isik, ihr Sohn, der Vierfinger Aslan – mit diesem Boot nach Kagithane fahren werden.

Çakir rudert noch nicht, wir haben Sütlüce noch nicht erreicht – da man keine Spur von Müdigkeit auf seinem Gesicht sieht.

Foto 11

Çakir bei einem Picknick.
Auf der Wiese liegen Strohmatten.
Auf die Strohmatten fällt der Schatten eines Baumes (wahrscheinlich eines Maulbeerbaumes).
Ein ziemlich dunkles Foto. Neben Çakir mein Vater.
Vorne meine Mutter. Meine Schwester steht. Ich bin nicht auf dem Bild.
Çakir hat das Glas, das er in der Hand hält, hochgehoben.
Vater sieht Çakir an und lacht.
Es ist ein kühler Tag.

Foto 12

Çakir und ein unangeschirrtes, nacktes Fohlen.
Çakir hält in der rechten Hand ein größeres Tuch, das er sonst immer um den Hals bindet.
Er wischt den Schweiß des Pferdes ab. Er schaut das Fohlen an, als ob es seine Geliebte oder ein kleines Kind wäre.*

* *Wenn Çakir von seinem Pferd redete, sagte er »Ich habe es großgezogen« – mit dem Stolz eines Vaters, der seine Kinder großgezogen hat.*

Foto 13

Çakir und ein »Herr«.

Der Herr sieht sehr ernst aus. Er sitzt an einem Tisch. Er hat die Beine übereinandergeschlagen.

Çakir steht. Sein Kopf ist unbedeckt. Die Mütze hält er mit beiden Händen an die Oberschenkel, als ob er sein steif gewordenes Geschlechtsorgan damit verstecken wollte.

Der »Herr« ist wahrscheinlich einer der früheren Arbeitgeber von Çakir.

Vielleicht ist er der Besitzer des Stalles, der Kutsche und der Pferde.

Dieser Mann sieht keineswegs wie ein Pferdeliebhaber aus. In seinen Augen ist weder Mitleid noch Liebe, noch ein Fragezeichen, dadurch auch keine Tiefe zu spüren.

Er könnte ein Getreidehändler sein, der mit dem Leben zufrieden ist, weil es andere Menschen gibt, denen es schlechter geht als ihm (zum Beispiel Çakir, der einen Buckel hat und arm ist).

Dieser sogenannte »Herr« (vielleicht sollte ich ihn lieber »Sahib« nennen) hat dem Fotografen in einer solchen Haltung posiert, als ob es neben ihm keinen anderen Menschen (Çakir) gäbe.

Foto 14

Çakir ist splitternackt.*
Er hält seine Hände vor sein Geschlechtsorgan.
Er lächelt verlegen.
An dem Tag (sogar in dem Augenblick), als er für den Militärdienst untauglich erklärt wurde.
Neben ihm sind noch vier weitere junge Männer, nackt wie er. Sie stehen alle in einem großen Raum.
Links von ihnen sieht man den Teil eines Holztisches (darüber die Akten).
Außer auf Çakirs Gesicht spürt man auf den Gesichtern der anderen Verwirrung und Angst.
Auf diesem Foto bemerkt man Çakirs Buckel nicht.
Er sieht nur wie ein kleiner, junger Mann aus. Doch älter als die anderen vier.

* *Ich hatte das Foto eines nackten jungen Mannes gesehen, der in die Gaskammer geschickt wurde und in dessen Augen ein letztes Lächeln lag, weil er nicht wußte, wohin er geschickt wurde. Nach Jahren, als ich mir dieses Foto von Çakir ansah, dachte ich an jenen jungen Mann, der gelächelt hatte, bevor er starb.*

Foto 15

Çakir füttert ein Pferd.*
Das Pferd ist gerade dabei, die ihm hingelegte Gerste zu fressen.
Çakir hält mit seiner rechten Hand den ein wenig gebeugten Hals des Pferdes.
An seinem linken Fuß steht ein Wassereimer.
Während das Pferd frißt, liebkost es Çakir und spricht vielleicht mit ihm.

* *Es kam nie vor, daß Çakir aß, ohne zuvor sein Pferd gefüttert zu haben.*

Foto 16

Çakir legt einem Pferd das Geschirr an.
Es ist dasselbe Pferd wie auf dem vorigen Foto.
Çakirs Kopf befindet sich in Höhe des Pferdemauls. Und das Pferd . . .*

* *Es ist ein altes, verblichenes Foto, das lange in der Tasche herumgetragen wurde. Man sieht sonst gar nichts darauf.*

Foto 17

Çakir neben einem Marktwagen.
Vor den Wagen sind zwei Pferde gespannt.
Der Wagen ist beladen. Wenn man genau hinschaut, sieht man Teile eines Messingbettes, eine um einen Kelim gewickelte Matratze, eine Decke und ein paar unbestimmbare Gegenstände.
Diese Sachen können gar nicht Çakir gehört haben.
Um Çakirs Hals das dreieckig gebundene große Tuch. Er hat seine Mütze nach hinten geschoben.
Er ist im Begriff, eine dieser billigen Soldaten- oder Bauernzigaretten anzuzünden.

Foto 18

Çakir auf dem Wagen, die Zügel in der Hand, auf seinem Gesicht die Freude eines Kindes, das ein hochersehntes Spielzeug bekommen hat.
Hurrraaa . . . ruft er wahrscheinlich.
Die Pferde und der Wagen sind außerordentlich geschmückt.
Es ist kein Transportwagen, es ist eine Festkutsche.

Foto 19

Çakir vor dem Stall, wo er mit seinen Pferden bis ans Ende seines Lebens gelebt hat.
An der Stalltür hängt ein Schafsfell.
Als ob er sagen wollte, wenn andere Paläste, Schlösser, Villen und ein Heim besitzen, so habe ich meine Pferde und einen Stall. Er hat auf diesem Foto eine Haltung, als ob er die Paläste, die Schlösser, die Villen und deren Besitzer gar nicht ernst nehmen würde.

Foto 20

Çakir hat seine Hände im Nacken zusammengefaltet, er liegt auf seiner Strohmatratze, über ihm eine Seemannslaterne, die von der Decke herunterhängt. Seine Augen sind auf einen bestimmten Punkt an der Decke geheftet. Er träumt sicherlich.

Ich weiß nicht, ob es Träume von vergangenen Tagen oder von der Zukunft sind. Oder aber weder von vergangenen Tagen noch von der Zukunft?

Vielleicht war es auch gar kein Traum.

Nur ein auf einen bestimmten Punkt an der Decke gehefteter Blick:

»Das ist es also, was sie Leben nennen.«

Foto 21

Çakir auf einem steilen Weg, er schiebt den Wagen vor sich her.
Es ist noch jemand neben ihm, der ihm hilft, dessen Gesicht aber nicht zu erkennen ist.
Der Wagen ist voll mit Kohle.

Foto 22

Çakir vor dem Stall im Garten, in der Hocke; er pflanzt einige Sämlinge an.

Foto 23

Çakir und mein Vater am Bodentisch. Beide im Schneidersitz.
Çakirs rechte Hand ist erhoben, wahrscheinlich erzählt er etwas.
Mein Vater biegt sich vor Lachen.

Foto 24

Meine Mutter hat Çakir wie ein kleines Kind vor sich hingesetzt, sie untersucht seine Haare.
Es sind Kriegsjahre, ich erinnere mich daran, Çakir wird auf Läuse untersucht, wie es auch uns oft in der Schule geschah.*

* *Eines Tages wurden in der Schule Läuse bei mir festgestellt, und ich wurde nach Hause geschickt. Meine Mutter sucht auf diesem Foto bestimmt nach der Herkunft meiner Läuse.*

Foto 25

Ich: im Bett. Ich lächle, habe aber ein blasses Gesicht. Vielleicht ist das Foto während der Ruhr, an der ich erkrankte, aufgenommen worden.
Çakir an meinem Bett, er sitzt auf dem Boden und hält meine Hände, die auf der Decke liegen. Er erzählt mir wahrscheinlich eines der Märchen, die ich nicht vergessen habe:
»Es war einmal vor langer Zeit ein Çakir, der Kutscher war, und als der Sohn des ›Herrn‹ krank wurde ...«

Foto 26

Çakir mitten im Zimmer. In jeder Hand einen Stuhl. Er führt eines seiner berühmten Kunststücke mit Stühlen vor.*

* *Çakirs Stuhlringen war sogar außerhalb des Viertels bekannt. Er konnte zur selben Zeit mit zwei Stühlen ringen, als ob sie lebendige Ringer wären, und gewann auch jedesmal. Lachend schrie er: »Derjenige, der Çakir besiegen kann, ist noch nicht geboren.«*

Foto 27

Vater neben einem großen Widder, dessen Vorderbeine an eines der Hinterbeine gefesselt und dessen Augen verbunden sind. Er liegt seitwärts am Boden.
Mein Vater hält sein Messer in der Hand.
Çakir schaut ihm stehend zu. Vermutlich denkt er, daß Vater seine Arbeit erledigen soll, damit er mit seiner beginnen kann.
Eine Weile später wird mein Vater mit großer Meisterschaft die Schlagader des Widders aufschneiden, seinen Zeigefinger in das fließende Blut und dann an meine Stirn legen; das Blut wird im selben Augenblick zu fließen aufhören, wenn der Widder sich nicht mehr bewegt. Çakir wird sich über ihn beugen und durch die von meinem Vater eingeschlitzte Haut und die Hinterbeinmuskeln blasen, außer Atem, bis das Tier aufgebläht ist wie eine Trommel. Dann wird er die kleinen Aufschneidemesser eins nach dem anderen benutzen (Vater wird diejenigen, die er gerade nicht braucht, am eingefetteten Schleifstein schleifen) und das Fell des Tieres abhäuten, ohne die Haut zu ritzen. Natürlich wird das Fell ihm gehören. Çakir wird dieses Fell mit Steinsalz einsalzen, dann an der Mauer des Stalles in der Sonne trocknen lassen. Wenn diese Prozedur beendet ist, wird er an Wintertagen das Fell unter sein Bett legen oder aber in sehr kalten Nächten damit sein Pferd bedecken.

Foto 28

Nun ein Liebesfoto:
Çakir küßt sein Pferd.
Das Pferd hat sein Haupt nach vorne gebeugt, um es Çakir leichter zu machen, sein Hals ist leicht zum Boden geneigt. Seine Augen sind wie geschlossen. Auf dem Wagen sitzt ein Junge von achtzehn Jahren, die Zügel des Pferdes liegen in seiner Hand.

Foto 29

Çakir sitzt auf einem niedrigen Strohstuhl ohne Lehne.
Er hat seine Soldatenhose an. Sein Oberkörper ist nackt.
Der Freund meines Vaters – deshalb auch Çakirs Freund –, Dr. Josef, untersucht ihn.
Die zwei Enden des Hörgeräts von Dr. Josef stecken in seinen Ohren.
Das andere Ende liegt auf Çakirs Rücken, direkt unter seinem Buckel.
Çakir hustet wahrscheinlich.
Sein Gesicht ist angespannt.
Dr. Josef, der auf dem rechten Auge ein Monokel trägt, ist sehr aufmerksam. Im Hintergrund mein Vater, zwischen den Lippen die Zigarette, zerstreut. Er schaut jemanden an (mich?), der auf dem Foto nicht zu sehen ist, oder aber in die Leere. *

* *Das Gespräch nach dem Foto:*
Dr. Josef: – Seine Lungen sind kaputt.
Vater: – Ist es zu spät?
Dr. Josef: – Trop tard ...
Vater: – Rien a faire?
Dr. Josef: – Rien a faire.
Vater: – Merde!
Dr. Josef: – Wenn es schlecht geht, dann merde, nicht wahr?

Foto 30

Çakir im Sterbebett. Seine Augen sind halb geöffnet.
Als ob ihm beim Sterben etwas eingefallen wäre (ein Märchen zum Beispiel, das er mir noch erzählen möchte) . . .
Er lächelt.
Zu mir?
Oder wegen des Märchens, das er erzählen will?
Oder wegen des Lebens, das er bald verlassen wird?
Oder wegen des Todes, dessen Atem er im Nacken verspürt?
Wahrscheinlich wegen des Todes.
Dem Tod sagt er: »*Was für ein Recht kannst Du schon auf ein Leben wie meines haben?*«

Foto 31

Çakirs Pferd.
Es steht an seinem Sterbebett.*
Der Kopf des Pferdes hängt vornüber.
Als ob es die Leiche Çakirs beschnupperte.
In den Augen des Pferdes eine Traurigkeit, die wir heutzutage in den Augen weniger Menschen erleben.
Als weine es.
Oder würde gleich anfangen zu weinen.

* *Wenn es einen Pferdefriedhof in unserer Stadt gäbe und wir Çakir dort begraben hätten, wäre er in seinem letzten Schlaf sehr glücklich, glaube ich.*

UNTERBRECHUNG

Ich habe Çakirs Geschichte einem alten Mann zu verdanken, den ich vor Jahren eines Morgens auf einem Bosporus-Dampfer kennenlernte.
Es war ein Sommer im Septemberschatten . . . Ich hatte mich in eine leere Ecke des Schiffes gesetzt und blätterte im Buch von Attar Ferid über »Die Sprache der Vögel«.
Ein alter Mann, der an der nächsten Anlegestelle an Bord kam, setzte sich mir gegenüber auf die leere Bank, als ob es auf dem großen Schiff keinen anderen Platz gäbe.
Während er sich hinsetzte, wünschte er mir einen guten Tag. Eine Weile später entschuldigte er seine Neugierde und fragte, was für ein Buch ich lese. Um kein Gespräch zu beginnen, antwortete ich, daß es ein Roman sei.
Daraufhin fragte er, ob ich ein Schriftsteller sei.
Heutzutage wird diese seltsame Frage, besonders in unserem Land, äußerst selten und von sehr wenigen Menschen gestellt.
Ich antwortete verneinend: »Nein, bin ich nicht.«
Der Alte mir gegenüber sagte enttäuscht: »Schade.«
Dann schwieg er.
Ich las in dem Buch in meiner Hand, verstand aber nichts von dem, was ich las. Ich las die Seiten, die ich schon gelesen hatte, noch einmal durch, verwechselte die Vögel mit den Menschen und konnte nicht folgen, wer, warum, wohin flog. Ich hatte den Faden oder vielmehr die Sage, die Attar erzählte, schon verloren. Ich dachte, daß das kurze Gespräch, das dazwischenkam, schuld daran sein könnte. Das Buch lag offen in meinen Hän-

den, ich tat so, als ob ich darin läse, ich blätterte sogar die Seiten um und überlegte, warum der Alte mir gegenüber (er kümmerte sich jetzt nicht mehr um mich, er schaute die Küste an) »schade« gesagt hatte. Schließlich konnte ich es nicht länger aushalten, ich schloß das Buch und stellte meinerseits die Frage: »Verzeihen Sie, aber warum fanden Sie es vorhin schade, daß ich kein Schriftsteller bin?«

Der Alte wurde sofort lebhaft.

»Vielleicht bin ich Ihnen bis heute nicht aufgefallen, ich aber kenne Sie schon seit langer Zeit von weitem. Sie sitzen immer an dieser ruhigen Stelle des Schiffes. Immer haben Sie ein Buch in der Hand. Als ob Sie mit diesem Schiff fahren würden, nur um Bücher zu lesen.« Ich lächelte unwillkürlich.

»Ich habe Sie tatsächlich eine Zeitlang von weitem beobachtet«, fuhr er fort, »heute konnte ich es nicht länger aushalten und setzte mich Ihnen gegenüber. Wenn jemand am frühen Morgen mit einem Buch in der Hand das Schiff betritt und sich während der ganzen Fahrt in das Buch vertieft, dann ist er bestimmt ein Schriftsteller, habe ich mir gesagt. Deshalb stellte ich Ihnen vorhin die Frage.«

Er konnte bestimmt aus meinen Blicken erkennen, daß ich nichts verstanden hatte, und sah sich genötigt, eine Erklärung zu geben: »Ich dachte, daß Sie mir vielleicht helfen und aufrichtig zuhören würden und von dem, was ich Ihnen erzählen könnte, einen ähnlichen Genuß hätten wie von den Büchern, die Sie lesen. Und heute früh, sagte ich mir, wenn er wieder an seinem Stammplatz sitzt, werde ich mich ihm gegenüber setzen und ihn stören. Wenn Sie bereit sind zuzuhören, werde ich erzählen.«

Ich war bereit zuzuhören.

Der Alte bestellte, ohne mich zu fragen, beim Teeverkäufer zwei starke Tees und begann zu erzählen:

»Es gibt einen Menschen, den ich in meiner Kindheit gekannt habe und bis heute nicht vergessen konnte.

Ein armer Mensch. Er hat diese Welt schon längst verlassen, ich möchte, daß das Leben dieses Menschen aufgeschrieben wird und daß auch andere ihn kennenlernen. Es ist wie eine Dankespflicht. Als ich in meiner Jugend schrieb, hatte ich im Sinn, eines Tages seine Geschichte zu schreiben. Ich schrieb anderes, aber irgendwo in meinem Kopf war er immer lebendig. Ich wußte sehr wenig über seine Vergangenheit, darum dachte ich mir eine aus. Jahrelang träumte ich davon und erschuf zum Schluß ein wahres Leben für ihn. Dieses erfundene Leben paßte so sehr zu ihm, daß ich nicht imstande bin, es mit Worten zu erzählen.

Sie haben ein Buch in Ihrer Hand. Vielleicht ist es ein sehr wertvolles Werk. Wenn Sie aber so höflich sind und mir zuhören, wette ich, daß Çakirs Geschichte durchaus nicht wertloser ist als das Buch, das Sie gerade lesen.«

Und der Alte erzählte an jenem Morgen, bis dieses armselige Schiff an der Brücke anlegte, Çakirs Geschichte. Als sie zu Ende war (vielleicht war sie auch gar nicht zu Ende, aber das Schiff hatte angelegt), fragte ich ihn, warum er sie nicht aufgeschrieben habe, da er sie doch so schön erzählen konnte.

Der alte Mann sagte, während er in meine Augen schaute und gar nicht das Bedürfnis hatte, seine Tränen zu verbergen: »Nein, nicht ich, ein anderer wird diese Geschichte niederschreiben. Ich weiß es, wie ich meinen Namen kenne. Und darum erzähle ich sie jedem.«

Wir waren die letzten, die das Schiff verließen. Ich reichte ihm gerührt meine Hand und dankte ihm mit den Worten: »Sie haben mir große Freude bereitet.«

Seine weiche Hand lag in meiner: »Es stimmt nicht, was ich Ihnen vorhin sagte, ich habe die Geschichte Çakirs zum ersten Mal und nur Ihnen erzählt, und glauben Sie mir, ich fühle mich jetzt sehr erleichtert. Wenn wir uns an einem anderen Morgen wieder treffen, werde ich Ihnen gerne die Geschichte von Kini

erzählen. Ich habe das alles erlebt. Ich habe all diese Menschen gekannt. Leider gibt es fast keine aufrichtigen Schriftsteller mehr in unserer Zeit, die sich um Menschen kümmern, die wissen, was leiden bedeutet.
Wie schade!«
Diese Fahrt, die mit dem Wörtchen »schade« begonnen hatte, endete auch mit ihm.
Eine Woche nach dieser Begegnung wurde ich allmählich neugierig auf die Geschichte, die der alte Mann (ich hatte ihn nicht nach seinem Namen gefragt, und er hatte es nicht für notwendig gehalten, ihn zu nennen) mir zu erzählen versprochen hatte.
Obwohl ich nichts in der Stadt zu tun hatte, nahm ich jeden Morgen dasselbe Schiff, setzte mich mit einem Buch in der Hand an denselben Platz und wartete darauf, daß der Alte bei der nächsten Anlegestelle das Schiff besteige. Der Alte kam nicht. Jeden Tag dasselbe. Manchmal stieg ich zwei Anlegestellen weiter aus, trank einen Kaffee in einem der Kaffeehäuser am Ufer, ging eine Weile spazieren und kehrte dann in meine Wohnung zurück.
An einem solchen Morgen, nachdem ich den Alten wieder nicht getroffen hatte, verließ ich in Hisar das Schiff. Kaufte meine Zeitung und ging zu dem Fischercafé direkt unterhalb der Burg. Vor dem Café säuberten die Fischer ihre Netze. Die Tische am Quai waren leer. Außer einem: am entlegensten Tisch saß ein alter Mann. Ich sah seinen Rücken. Ich wußte, daß er es war, mit seinem grauweißen Haar und dem aschgrauen Gabardine-Regenmantel, dessen Kragen zerfetzt war und den er trotz des Hochsommers trug. Eine Weile lang beobachtete ich ihn von weitem. Er hielt das Teeglas in der Hand. Es schien, als ob er nicht die Fischer vor sich, nicht die trüben Gewässer des Göksu-Baches, nicht die gegenüberliegenden Hügel beobachtete, sondern jene Leere, die alles und nichts beinhaltete und die manche die Ewigkeit nennen.

In diesem Augenblick wollte ich mich von dort entfernen. Ich konnte nicht. Nicht unwillkürlich, nein, das kann ich nicht sagen, aber widerstrebend näherte ich mich dem Tisch, an dem der Alte saß.

II. Teil

WASSERKRÜGE

». . . und es gab ein Geheimnis,
das alle Mörder mir anvertrauten.«

Fernando Pessoa
Passagem das horas

I

Kini sagte zu Esat: »Kommst du mit mir?«
Esat fragte nicht: »Wohin gehen wir?«
Er sagte auch nicht, daß er mitgehe.
Sie machten sich auf den Weg. Unter der brennenden Hitze der Augustsonne liefen sie eine Weile. Sie überquerten eine Ebene voller Disteln, gingen den Hügel hinunter, setzten sich unter die Weiden und ruhten sich aus. Mit dem kalten Wasser des Baches wuschen sie sich Hände und Gesicht. Als Esat sich mit dem Rücken auf das Gras legte, fragte Kini: »Hast du dein Messer dabei?«
Esat erhob sich, ohne zu antworten. Er brach eine der Weidenruten ab, die bis zum Wasser reichten, und begann sie mit dem Messer, das er aus seinem Gürtel zog, zu schnitzen.
»Los!« sagte Kini.
Esat antwortete wieder nicht, er kniete am Bach. Er tauchte die Spitze der Weidenrute, die er geschnitzt hatte, in den Schlamm des Baches.
Er wusch Gesicht und Hals abermals mit dem Bachwasser. Nahm sein Messer, das er auf den Stein gelegt hatte, und erhob sich. Er putzte es an der Hose ab und steckte es in den Gurt. Kini stand etwas weiter vorne und wartete auf ihn. Als sie am Friedhof vorbeikamen, blieben sie unter einem Pflaumenbaum stehen. Sie pflückten die dunkelgrünen, unreifen Pflaumen.
Esat dachte daran, daß diese Pflaumen seinen Mund zwar

zusammenziehen, doch auch seinen Durst stillen würden, und aß davon. Sie gingen weiter.
Sie kamen am Doymazdere, am Müllplatz voller Raben, an Pferde- und Hundekadavern vorbei. Sie hielten den Atem an, um den widerlichen Geruch jenes Müllgemischs, des verwesten Fleisches der Tierleichen, der noch nicht verfaulten Haut des Schweifes und der Pferdehufe, nicht zu riechen. Als sie sich aber entfernt hatten und die warme Luft in ihre Lungen einsogen, drangen all diese Gerüche als Ganzes durch ihre Nase.
»Bestialisch«, sagte Kini.
»Wäre es bloß bestialisch«, erwiderte Esat.
Sie kamen zum Okmeydani. Die Moschee war eingestürzt, weder ihre Wände noch ihre Minarette waren zu sehen, nicht einmal die Grundmauern. Nur die Marmorkanzel stand da. Vielleicht hatte es nie eine Moschee gegeben, nur eine Kanzel, die selbst Bogenschützen die genaue Richtung nach Mekka wies. Die Südseite des Marmors war mit Moos überzogen. Sie setzten sich in den Schatten der Kanzel, die sie seit ihrer Kindheit mochten, über deren Treppen sie hinauf- und hinabgelaufen waren und von deren Höhe sie sich hinunter in die Leere hatten fallen lassen.
»Du hast geschwitzt«, sagte Kini.
Esat zog sein Hemd aus und legte es auf die Stufen der Marmorkanzel. Seine schneeweiße Haut mit den Spuren der Verletzungen einer Rasierklinge auf der Brust bot er der Sonne dar. Auch Kini zog sein Hemd aus und warf es ins Gras. Sie schauten sich an. Zwei Brüder. Zwei Rivalen. Zwei Feinde. Nun waren sie wie Geliebte, still. Esat erwartete von ihm eine Geste, eine Erklärung, ein Wort.
Kini kaute an einem Grashalm, den er gepflückt hatte.
Nach einer Weile fragte er:

»Was tun wir nun?«
Esat sprach zum ersten Mal: »Du wolltest, daß wir hierherkommen, sag du es!«
Kini zog sein Messer: er zielte auf eine der Spalten der getrockneten, rissigen Erde mit dem vergilbten Gras und warf es.
Er schien sich davor zu fürchten, in Esats Augen zu schauen. Er mied seinen Blick, aber er hatte keine Angst, weich zu werden, nein, er hatte gelernt, keine Angst zu haben, seit langer Zeit schon. Dies aber war etwas ganz anderes, er verspürte dennoch keine Angst.
»Liebt sie dich auch?« fragte Kini.
Wohin wird das führen? dachte Esat.
Kini sagte: »Warum, warum sie? Weißt du denn nicht, daß sie noch ein Kind ist. Ist denn unser gemeinsames Schicksal nicht schon vorgezeichnet? Können wir diesen Weg mit jenem Kind zusammen gehen?«
Esat wollte fragen: Und ich? Und ich in meinem Alter?
Kini sagte: »Sind wir beide denn nicht Brüder?«
Esat wandte seine Augen von Kinis Messer am Boden ab und sah ihm ins Gesicht. Seit sie sich auf den Weg gemacht hatten, war es das erste Mal, daß sie sich gegenseitig in die Augen schauten.
»Hör zu!« Kini zog sein Messer. »Du wirst mir die Wahrheit sagen. Was ist zwischen euch geschehen?«
Esat wollte sagen: Gar nichts. Aber er sagte es nicht. Auch er hatte einen trockenen Grashalm zwischen den Zähnen.
»Geh weg von hier«, sagte Kini. »Geh weg von hier. Es ist besser für uns beide.«
Esat dachte: Wohin? Wohin soll ich gehen? Wie soll ich fortgehen?
Aber er fragte nicht. Nach einer Pause hauchte er nur ein Warum.

»Du weißt warum.«
»Ja«, sagte Esat. »Wir lieben uns. Das ist alles.
Es ist nichts passiert zwischen uns. Das ist alles.
Wohin könnte ich denn gehen?
Wohin könnte ich gehen? Wohin bin ich denn bis heute gegangen?«
Kini antwortete nicht. Seine Blicke hafteten auf der Erde, in der Luft, auf dem Gras; dann schaute er Esat in die Augen: »Du hast mir die Wahrheit gesagt, nicht wahr?«
Esat antwortete nicht.
Er wollte nein sagen und erzählen (ich habe ihre Hand gehalten, sie einmal geküßt, über ihrem Kleid ihren Busen berührt und kam einmal (ich kam mehrere Male, weil ich mehrere Male von ihr träumte), er wollte erzählen, konnte aber nicht. All das, was er erzählen wollte und ihm einfiel, erfüllte seinen Körper mit Wärme; jener erotische Wille begann von seinem Bauch hinunter in seinen Schoß zu sinken.
Beide mieden es, sich gegenseitig in die Augen zu sehen, schweigsam saßen sie da.
Kini hatte sich niedergehockt und spielte mit dem Messer in seiner Hand; er warf es auf den Boden, stach in die Erde, zog es wieder heraus und warf es abermals hin. Esat zog auch sein Messer. Reichte es Kini. »Wir haben die gleichen Messer.« Kini ließ seines in der Erde stecken. »Schau«, sagte er, »solche Männer wie wir haben kein Recht dazu.«
»Warum?«, zum zweiten Mal dieselbe Frage. Jedoch wurde sie nicht ausgesprochen. Sie betrachteten gegenseitig ihre Körper, die Verletzungen der Rasierklingen auf Brust und Armen. Beide senkten ihre Blicke zu Boden.
In der Umgebung war niemand.
In der Luft lag der Geruch verbrannten Grases.

Esat stand auf. Er nahm sein Hemd von der Treppe der Kanzel und zog es an.
»Du hast recht, ich muß weg von hier.«
Kini antwortete nicht.
Er steckte sein Messer in die Hülle.
»Du hast recht, wohin könntest du schon gehen?« sagte er.
»Welchen Ort gibt es, wohin man gehen kann? Für unsereinen.«
»Ich weiß nicht, aber ich werde gehen«, sagte Esat.
»Mit welchem Geld?«
»Ich werde die Ware verkaufen und abhauen«, erwiderte Esat.
»Glaubst du, Fethi Baba würde dich am Leben lassen?« fragte Kini.
»Er wird mich nicht finden.«

»Wir haben uns noch nicht ausgesprochen«, sagte Kini.
»Noch nicht, aber ich glaube nicht, daß ich dir etwas antun kann.«
»Zieh dein Messer«, sagte Kini.
Diesmal schaute Esat wirklich ohne Angst in die Augen Kinis. In diesen blutunterlaufenen Augen sah er die Freundschaft, die Tapferkeit, die Solidarität, die Verzweiflung und auch den Tod, die Verachtung des Lebens, aber auch den Schatten des Todes.
Kini schnitt sich mit dem Messer in die linke Handfläche. Reichte sie Esat hin: »Los, du auch!«
Auch Esat schnitt sich in die linke Handfläche.
Beide schauten ihr fließendes Blut an. Dann reichten sie einander die blutenden Hände.
Ihr Blut löste sich ineinander auf.
Zuerst beugte sich Kini vor und berührte Esats Schnitt

mit seiner Zunge, dann beugte sich Esat nach vorne und berührte Kinis Schnitt mit der Zunge. Beide schienen auf ihren Zungen jenen salzigen Geschmack zu spüren, der mit keiner anderen Flüssigkeit vergleichbar ist.

Dann umarmte Esat Kini.

Dann umarmte Kini Esat.

Esat begann heftig zu schluchzen.

»Warte«, sagte Kini, »was machst du, jemand könnte dich sehen.«

Esat drehte sich um, damit auch Kini es nicht sah.

»Wenn dir etwas zustoßen sollte, werde ich Rechenschaft verlangen«, sagte Kini.

Wie heftig Esat schluchzte, sah man sogar von hinten.

Laß den Verliebten heulen, sagte sich Kini.

Er wird sonst nicht zu sich kommen.

Auf dem Rückweg bemerkte Kini: »Die Welt ist sehr seltsam . . .«

»Wer hat das gesagt?« fragte Esat.

»Niemand«, sagte Kini. »Aber sie ist seltsam.«

»Wie wir«, erwiderte Esat.

»Na ja«, sagte Kini.

Er hob einen Stein vom Boden auf. Warf ihn zu den Hunden, die im Gemüsegarten bellten.

Mein Gott, warum bin ich in diese Lage –
Was hat ein Mann wie ich mit der Liebe –
Armes Mädchen, sie ist so schön, aber nichts –
Ich habe ihm nicht gesagt, daß ich sie geküßt habe, wie sie zitterte und wie sie mich anschaute –
Jetzt sind wir auch noch Blutsbrüder geworden, wie kann man mit der Schwester seines Blutsbruders –
Ich werde zum Militärdienst gehen, wohin soll ich –
Ich muß einen Brief an sie schreiben und ihr sagen –
Ein Lied sollte ich dichten und sagen –
Als sie meine Brust sah, fragte sie, was das alles sei, und ich –
Tochter eines Imams ist sie, und die Schwester von Kini, und Kini ist jetzt mein –

Ich schaute ihren Busen an und zitterte –
Es war Frühling, die Blumen auf dem Friedhof blühten, niemand –
Kini soll bitte nichts erfahren, hat sie gesagt, wenn er erfährt –
Ich habe Angst vor meinem Vater, aber er –
Er ist doch mein Freund, habe ich gesagt, sogar mehr als ein Freund –
Ich weiß, hat sie gesagt, aber er soll's nicht erfahren, wenn er es erfährt, wird er mich –
Dir kann niemand etwas antun, solange ich am Leben –
Du bist noch so jung, niemand würde auf die Idee –
Bin ich jung –
Ihre Brüste hatte ich das erste und letzte Mal an jenem Frühlingstag unter der Sonne gesehen, sie waren so schwindelerregend, daß ich neben ihr –

II

Fethi Baba hat rufen lassen.
Ich ging zu ihm.
Kenan war bei ihm. Dieser bartlose Jüngling.
Die Ware sei bereit.
Fethi Baba fragte: »Bist du beim Bäcker gewesen?«
Ich war nicht hingegangen.
»Ich bin dort gewesen, er war nicht da«, sagte ich.
»Geh heute abend noch einmal vorbei!«
»Ja«, antwortete ich.
»Nimm auch das«, sagte er. »Es ist für dich vorbereitet.«
Als er sah, daß ich zögerte, fragte er: »Was hast du?«
»Baba«, sagte ich, »ich gehe zum Militärdienst.«
»Du gehst doch nicht morgen«, erwiderte Fethi Baba.
»Vielleicht gehe ich morgen, Baba, wer weiß.«
»Bevor du gehst, erledige diese Sache.«
Kenan, dieser bartlose Jüngling, schaute mal Fethi Baba, mal mich an.
In seinen Augen stand einerseits Angst, andererseits Schadenfreude.
»Ich mache das nicht mehr mit, Baba«, sagte ich.
Fethi Baba schlug mir mit dem Handrücken ins Gesicht.
»Unsinn«, sagte er. »Was soll das heißen? Mußt du denn überhaupt zum Militär?«
Meine Nase blutete. Das Blut rann über meine Lippen in den Mund – mein Blut.
»Ja, ich muß, Baba«, sagte ich. »Laß mich in Ruhe!«

»Wie redest du denn mit mir«, sagte Fethi Baba. »Du stellst dich da hin, was ist das für eine Art...«
Kenan, jener bartlose Hund, beugte sich nach vorne und flüsterte etwas in Fethi Babas Ohr.
Die schmalen Lippen Fethi Babas zitterten.
»Kind, du gehst nicht zum Militär, sondern woandershin, denke ich.«
Ich schwieg.
»Dort, wo du hin willst, gibt es keine Ruhe. Dieser Weg ist solchen wie euch, solchen wie uns, versperrt, verstehst du?« sagte er.
Welche Ruhe, was heißt Ruhe?
Ich verstand nichts.
Fethi Baba las meinem Gesicht ab, daß ich nicht verstand.
»Außerdem geht es bei uns nicht, daß jeder einfach so, wenn es ihm einfällt, abhaut. Es kann höchstens erlaubt werden. Wenn ich zustimme, kannst du gehen.«
»Dann laß mich gehen, Baba«, sagte ich. »Laß mich deine Füße küssen, laß mich gehen.«
»Wohin wirst du denn gehen, wenn ich dich lasse, du Schuft? Wohin kannst du denn schon gehen, du Hundesohn? Hast du das je bedacht? Wenn du eingesperrt wirst, und das wirst du sicherlich, was wirst du dort sagen, zu welcher Gruppe du gehörst? Wer wird dich dort ernähren? Wer wird dich beschützen? Glaubst du etwa, daß du dir selber genügst, Junge?«
»Ich weiß nicht, Baba«, sagte ich. «Ich weiß nicht, ich will nur fort. Ich habe die Arbeit satt. Laß mich los.«
»Hau ab«, sagte Fethi Baba. »Sag mir aber nicht hier, in mein Gesicht, warum du gehen willst. Ich mag keinen, der müde wird, bevor er gelaufen ist. Du stehst noch am Anfang. Du bist schon am Anfang des Weges müde geworden. Hau ab!«

Ich verließ Fethi Baba.
Ohne zu wissen, wohin, verschwand ich in den dunklen Gassen.

Bis heute hat noch keiner in unserer Umgebung besser mit dem Messer umgehen können als Fethi Baba –
Nie trat der Fall ein, daß er jemanden verwundete, er brachte sie alle um, aber –
Ich habe mich von ihm gelöst. Ob er Rache –
Als dieser Schuft Kenan sich nach vorne beugte und ihm ins Ohr flüsterte, wie da seine dünnen Lippen –
Ob er verraten hat, daß ich nicht beim Bäcker gewesen bin, sondern auf dem Friedhof –
Er fragte, wohin ich gehen würde, wußte, wohin ich –
Wenn er glaubt, daß ich zurückkehre und ihm die Hand küsse –
Wenn man mich beim Militär auszieht und die Narben der Klingen an meiner Brust, an meinen Armen –
Wenn ich fliehe, wohin –
Wer könnte mir –
Die Gassen waren voller Schlamm, und mein ganzer Körper –
Ich ging um ihr Haus herum –
Ein Hund bellte, als ob ich –
Licht in einem der Nachbarhäuser –
Das ganze Viertel schläft, und die Trillerpfeifen der Nachtwächter –
Ich wollte verschwinden, bevor mich jemand sah, ein leerer Geflügelstall –
Mein Leben begann wohl erst jetzt, wenn ich diesen –
Tränen stiegen in meine Augen, meine Wunde begann von neuem zu bluten, nicht einmal eine Zigarette, um sie darauf auszudrücken –
Die Lebensmüden sollte man mehr lieben als das Leben –

III

Mein Bruder kam und fragte mich, warum ich weinte.
»Ich bin traurig«, sagte ich.
»Warum bist du traurig?« fragte er. Er schaute mir mißtrauisch in die Augen.
»Wegen allem«, sagte ich.
»Warum sollte ein Mädchen wie du wegen allem traurig sein? Was hast du?«
»Hat dich Vater geschickt?« fragte ich.
»Vater ist daheim, er liest in seinem Zimmer aus dem Koran. Mich hat niemand geschickt«, antwortete er. »Ich möchte wissen, was du hast.«
»Ich habe nichts, ich bin nur traurig.«
»Wegen wem?«
»Wegen allen.«
»Wer ist das, alle?« fragte er.
»Alle sind alle«, erwiderte ich. »Du, ich, Mutter, Vater, Bruder, unsere Katze, Cevdet, Ömer Efendi, Frau Seker, alle.«
»Bist du Bezirksvorsteherin?« fragte mein Bruder. »Was gehen dich Cevdet, Ömer Efendi, Frau Seker an?«
»Cevdet stirbt, wie du weißt«, antwortete ich. »Ömer Efendi hat seinen Laden zugemacht, die Tochter von Frau Seker, die Kevser, hat sich umbringen wollen.«
»Was geht dich das alles an?« fragte mein Bruder.
Ich sagte ihm, daß ich all diese Menschen kenne, daß Cafer Korankurse beim Vater nehme, daß wir die Maulbee-

ren von Frau Seker sammeln und den Kummer ihrer Tochter, der Kevser, kennen, daß auch wir dem Efendi etwas schulden wie alle andern.
»Weinst du wegen all dem?« fragte mein Bruder. »Wenn wir Ömer Efendi etwas schulden, dann zahle ich das morgen zurück. Wen interessiert, ob Kevser lebt oder stirbt, sie ist nun mal eine halbtote alte Jungfer. Und Cevdet hat Tuberkulose. Nur er? Sag mir, warum du wirklich weinst? Hast du keinen anderen Grund?«
Dieser andere Grund, ich hatte Angst, daß er ihn aussprechen würde.
Er nannte ihn nicht.
»Es gibt keinen anderen Grund«, sagte ich.
»Dann geh, leg dich ins Bett.«
»Ich bin nicht müde«, erwiderte ich.
»Leg dich dennoch ins Bett«, sagte er. »Morgen früh mußt du in die Schule.«
»Ich gehe jeden Morgen in die Schule«, sagte ich, während ich alle Worte betonte, damit er nicht merkte, daß ich log.
Er näherte sich, um mich, mein Gesicht und mein Haar, zu streicheln. Da fiel mir die Wunde an seiner linken Hand auf. Ich ergriff seine Hand und fragte: »Was ist mit deiner Hand passiert?«
»Nichts«, sagte er. »Esat und ich haben Blutsbrüderschaft geschlossen.«
Ich ließ seine Hand los. Lief zur Treppe. Schluchzte.
Er folgte mir nicht. Er sagte nichts. Blutsbrüder. Der Blutsbruder meines Bruders. Ich weinte die ganze Nacht.
Als ich am nächsten Morgen in die Schule ging, wartete ich den ganzen Weg darauf, daß Esat mir aus einer Ecke entgegenkommen würde.
Er kam nicht.

Vater weiß nichts davon, er ist mit dem Koran –
Mutter weiß nichts davon, sie ist mit Vater und Haushalt –
Der Bruder weiß alles, und jetzt ist er sein Blutsbruder –
Er wird zum Militär gehen, und ich werde hier wieder ganz alleine –
Er wird nicht zum Militär gehen, und ich werde hier ganz alleine –
Auf dem Rückweg von der Schule ging ich bei Cevdets Familie vorbei, Cevdet ist gestorben –
Als ich vom Brunnen Wasser holen ging, sah ich im Hof des Kaffeehauses Ömer Efendi –
Zusammen mit Fethi Baba, am selben Tisch –
Dieser Mörder, genannt Fethi Baba, schaute mich lange an, und dem Jungen neben ihm –
Der Bruder war nicht dort, heute abend werde ich ihm alles –
Sterben möchte ich, ich halte es nicht mehr aus, was ist das für eine Welt –
Cevdet war ein guter und fleißiger Junge, er war ein Jahr älter als ich und sehr, sehr arm –

IV

Die, die nicht wissen, woher und warum sie gekommen sind, wissen auch nicht, wohin sie gehen.
Die Gefängnisse sind voll mit ihnen. Es sind nur einige darunter, die sich ihrer Lage bewußt sind.
Die wissen, woher sie kommen, wohin sie gehen, warum sie im Gefängnis sind, was sie unternehmen würden, wenn sie frei wären. Drinnen und außerhalb werden sie die Herde der Schuldigen führen. Wer sich ihnen fügt, hat keine Ruhe.
Ein Scheißdieb, ein Taschendieb, ein Hascher wird man dann. Sonst gar nichts. Leute wie wir müssen sich dessen bewußt sein und sich danach richten. Sonst können wir es zu nichts bringen. Wenn man nicht weiß, wem man seine Waffe zu zeigen hat und wem sein wahres Gesicht, lassen sie einen nicht existieren. Man krepiert. Sie lassen einen krepieren.
Wenn wir nicht unsere eigene Welt aufbauen, sterben wir. Wir haben keine zwei Welten, eine drinnen, eine draußen. Das ist nicht die Freiheit, wenn wir draußen sind. Wir sind verlorene Seelen, Kenan, mein Sohn. Du wirst es lernen, solange du lebst. Ich kann nicht behaupten, daß wir uns nicht fürchten. Vielleicht fürchten wir uns mehr als andere. Wir gestehen es uns nur nicht ein.
Unser Mut ist unsere Waffe. Ein Scheißleben führen wir, Kenan, mein Sohn.
Es gibt kein anderes Leben für uns.

Unsere Ehre, unsere Weltanschauung ist eine andere. Selbst unsere Religion, sogar unser Gott.
Ich will nichts gesagt haben. Gott soll mir vergeben. So ist es aber wirklich. Wenn man daran nicht glaubt, wie kann man dann einen anderen umbringen?
Wie kann man schlafen, wenn man jemanden umgebracht hat?
Wir sind, Kenan, mein Sohn, sicherlich Außenseiter der Gesellschaft, aber doch in dieser Welt.
Vergiß meine Worte nicht.
Vergiß sie nicht, damit du drinnen und draußen Erfolg hast, damit du dieses Hundedasein, genannt Leben, bewältigen kannst.
Die Worte Fethi Babas sollst du nie vergessen, Kind, auch wenn du sie nicht verstanden hast.

Fethi Baba sprach gestern abend das erste Mal so zu mir, als ob er zu sich selber sprechen würde –
Er sagte, sie wissen nicht, woher sie kommen, er meinte die –
Wir sind anders als die anderen, wir sind keine gewöhnlichen Menschen, sagte er, und darum –
Er sagte mir, daß ich kein gewöhnlicher Mensch sein solle und er mir darum beibringen werde –
Er hat mir nicht gezeigt, wie man Feuerwaffen oder andere Waffen benutzt, aber –
Er sagte, daß er Angst habe, ich glaube aber nicht daran, er lachte, und seine Hände an seinem Schnurrbart –
Er sagte, es gebe kein anderes Leben, den Esat –
Hund, sagte er, alle die er nicht mag, nennt er so, auch Esat –
Er sagte nicht, hab Vertrauen zu mir. Ich dagegen –
Seine Männlichkeit läßt mich meine Männlichkeit spüren, Frauen und Mädchen sind nichts für uns –
Frag Esat doch eines Tages danach –
Liebe soll das sein, mit wem eigentlich, ich sah alles mit meinen eigenen Augen auf dem Friedhof –

V

Der Herr fragte: »Was ist denn nun schon wieder los, Çakir?«
Çakir sagte: »Dieser erbarmungslose Fethi Baba mißbraucht die Kinder.«
Der Herr fragte: »Wer steht hinter diesem Schuft?«
»Niemand. Nur die Angst.«
»Sind es die Kleinhändler?«
»Die Kleinhändler.«
»Und die Jugendlichen?«
»Die Jugendlichen haben Hunger«, sagte Çakir. »Sie haben kein Geld. Sie sind in seiner Hand.
»Wird also die Ware von Jugendlichen verkauft?« fragte der Herr.
»Von wem sonst?« sagte Çakir. »Die Jugendlichen verkaufen an Jugendliche.«
»Und was ist dein Anteil daran?« lachte der Herr.
»Mein Anteil? Mein Anteil ist ein Pferdetritt.«
Der Herr lachte: »Ha ha ha, das heißt also, daß das Pferd einen Anteil bekommt.«
»Ja«, sagte Çakir. »Der Anteil der Pferde ist Stroh.«
»Nur Stroh?« fragte der Herr.
»Ja«, sagte Çakir. »Und ein wenig Schrotpulver.«

»Was für Zeiten sind das«, sagt der Herr.
»War es nicht immer so?« fragt Çakir.
»Ich weiß es nicht«, erwidert der Herr.

Çakir hebt sein Glas. »Dann zum Wohl.«
»Zum Wohl«, sagt der Herr. »Gott soll sie verdammen.«
»Ja«, stimmt Çakir bei, »Gott soll sie verdammen, aber die Richtigen.«

VI

»Was ist passiert?« fragte Fethi Baba.
»Ich habe mit ihm gesprochen«, sagte Kini.
»Über was?«
»Daß ich mit dir gesprochen habe.«
»Hast du es ihm nicht erklären können?«
»Doch, aber er verstand es nicht.«
»Und deine Schwester?« fragte Fethi Baba.
»Ich habe auch mit ihr gesprochen«, antwortete Kini. »Sie weint ununterbrochen.«
»Ist es Liebe?«
»Ja, es ist Liebe«, sagte Kini.
»Wie hast du es herausbekommen?«
»Das ist nicht schwer.«
»Und der Junge geht zum Militärdienst, ist das wahr?«
»Man hat ihn bei der Marine genommen«, sagte Kini.
»Man wird den Schuft wohl nicht zum Kapitän machen«, versetzte Fethi Baba.
Kenan lachte.
»Warum kichert der so?« fragte Kini und zeigte auf Kenan.
»Nimm es nicht ernst, er kichert immer so.«
»Sag ihm, er soll nicht kichern, wenn ich spreche.«
»Wie redest du denn mit mir?« sagte Fethi Baba.
»Sag ihm, er soll nicht lachen!«
Kenan stand auf, verließ das Zimmer.
Als ob nichts geschehen wäre.

»Du wirst auch Esats Anteil bekommen«, sagte Fethi Baba.
»Auch Tunas Anteil.«
»Tunas Anteil? Wieso denn? Was geschieht denn heute alles«, entfuhr es Fethi Baba.
»Der Tag geht vorüber«, sagte Kini. »Der Tag geht vorüber, Fethi Baba. Merkst du das nicht?«
Um seine schweißverklebten Haare nach hinten zu streichen, führte er die linke Hand zum Kopf. Fethi Baba sah die Wunde an seiner linken Hand.
»Was ist mit deiner Hand passiert?«
»Was soll es schon sein, Baba, es ist eine Messerwunde.«
»Mit wem hast du dich gestritten?« fragte Fethi Baba.
»Mit wem schon, mit mir selber«, erwiderte Kini.
»Aus euch wird nichts, aus keinem von euch. Ihr Verdammte.«

Der Junge ist verliebt, und zwischen zwei Mauern –
Fethi Baba sagt, daß ich nichts davon verstehe –
Wenn ein Mensch schon vier Menschen ins Eselsparadies geschickt hat, dann sicherlich –
Gestern abend habe ich mich mit Zehra unterhalten, hätte ich nicht –
Der Schuft fragte, ob es Liebe sei, ja, es sei Liebe, sagte ich, zieh dein Messer und –

Sein Junge kicherte über die Liebe, über mich, na ja –
Er sah die Wunde an meiner Hand, fragte –
Ich sagte, daß es eine Messerwunde sei, ich selber –
Er sagte sonst nichts, stand –
Ich nahm die Ware und ging aus dem Zimmer –
Am Brunnen sah ich Çakir, an der Tränke seiner Pferde –

VII

Er war sehr müde.
Die ganze Nacht war er in den Gassen herumgeirrt. Dann hatte er eine Weile geschlafen.
Er erinnerte sich aber nicht, wo er geschlafen hatte. An einer Mauer?
Auf einem Grundstück? Unter den Weidenbäumen? Er wußte es nicht.
In der Nacht gingen funkelnde Lichter an und wieder aus. In allen Farben.
Er hörte sein Herz klopfen.
Gott, was war das für ein Gefühl?
Es ist schöner als in meiner Phantasie, wirklicher, dachte er.
Entweder wird sie mein, oder ich sterbe, sagte er. Gott, gib sie mir, und ich gebe dir mein ein und alles, sagte er. Nachdem er das gesagt hatte, fiel ihm ein, daß er nichts besaß, was er Gott geben könnte, und bat ihn um Hilfe.
Er wußte, daß Gott, den er bis zu jenem Tag nicht kannte, ihm nicht helfen würde. Er aber, wäre er Gott, würde ohne Gegenleistung helfen, sagte er.
Seine Augen waren blutunterlaufen.
Sein Mund war ganz trocken.
Er wollte an einem Brunnen seinen Durst stillen.
Er trank, soviel er konnte.
Dennoch blieb er durstig.
Sind wir nicht Menschen dieser Welt? fragte er.

Er lehnte seinen Kopf an eine Mauer.
Sind wir es nicht?
In der Dunkelheit der Nacht waren die brennenden und verlöschenden Lichter nicht mehr zu sehen.
Ich bin hier geboren. Irgendwo hier. Wo werde ich wohl sterben?
Zum ersten Mal stellte er sich diese Fragen.
Gott, warum?
Er war dermaßen arm, nicht einmal arm, er hatte überhaupt nichts, er dachte daran, daß Gott einem, der nichts hat, schon lange vergeben haben müßte, er hatte auch nichts getan, was zu vergeben wäre.
In diesem Augenblick drehte sich ein vorübergehender Nachtschichtarbeiter um und erblickte den Jüngling, der die Mauer entlangschlich und vor sich hinmurmelte.
Einer der Arbeitslosen, sagte er sich. So werden sie langsam wahnsinnig ... Ohne Essen und Trank, wehrlos ...
Arme Hunde, sagte der Arbeiter, Gott sei Dank habe ich Arbeit.
Die Mauer hörte auf.
Er bog nach rechts ab. Ging weiter.
Nirgends ein Licht.
Nur ein ... ein zitternder, gelber, schwer erkennbarer Schimmer aus einer Hütte.
Er fand die Tür zu dieser Hütte, aus der das Licht kam, und klopfte an.
Als die Tür aufging, sah er die Magierin vor sich.
Die Magierin Canan gab ihm mit dem Kopf ein Zeichen zum Eintreten.
»Was hast du?« fragte sie.
»Ich glaube, ich bin tot«, erwiderte er.
»Wenn du tot wärst, wärst du nicht hier, das ist nicht die Hölle«, sagte die Magierin Canan.

»Wenn hier nicht die Hölle ist, warum ist es dann so dunkel? Warum riecht es so?«
Darmfett, Katzenurin, verdörrte tote Vögel, Leichenerde, die im Regen naß geworden war, wer weiß, nach was es sonst noch roch?
Im niedrigen Strohstuhl, auf dessen Kante er sich gesetzt hatte, fiel sein Kopf nach vorn, und er fing an, sich zu übergeben.
Er hatte den ganzen Tag fast nichts gegessen, erst erbrach er weißes, dann grünes Wasser.
»Verdammter Gott, du bist noch nicht tot, aber vielleicht stirbst du jetzt«, sagte Canan.
Er würgte, seine Augen quollen hervor. Er wußte weder, wo er war, noch, wer da sprach. Das einzige, was er wußte, war, daß er sich von dieser Welt entfernte.
Wenn ich wenigstens nicht leiden würde, dachte er. Er wollte aufstehen.
Alles begann sich um ihn herum mit rasender Geschwindigkeit zu drehen.
Er suchte nach einem Haltepunkt. Fand ihn nicht. Er fiel der Länge nach auf den Boden.

VIII

Esat träumte.

Er befand sich auf dem Friedhof. Er hatte sich mit dem Rücken auf die Wiese gelegt. Neben ihm lagen Knollenkerbel, Sauerampfer und jene violetten Blumen, deren Namen er nicht kannte. Wahrscheinlich hatte er den Knollenkerbel von den Gemüsegärten gestohlen, als er hierherkam. Er erinnerte sich nicht, wo er die violetten Blumen gepflückt hatte. Er erinnerte sich nie an etwas in seinen Träumen. Und wenn er wach wurde, erinnerte er sich nicht an das, was in seinen Träumen geschehen war.

Einmal hatte er Kini einen Traum, den er mit offenen Augen geträumt hatte, erzählt. Er erinnerte sich, daß er während des Traumes erzählt hatte, aber er erinnerte sich nicht an den Inhalt. »Merkst du es dir?« fragte er Kini.

Kini sagte: »Erzähle, ich behalte es im Kopf.«

Als er zu sich kam, verlangte er von Kini, daß er ihm seinen Traum erzählen sollte.

Kini erinnerte sich an nichts.

Ich scheiße auf eine solche Freundschaft, hatte er gesagt.

Kini sagte, daß er ebenfalls geträumt habe, während er ihm zuhörte.

»Du hast aber deinen Traum nicht erzählt«, sagte Esat.

»Nein, denn ich hörte dir zu.«

»Deine Gedanken waren aber woanders.«

»Nein«, sagte Kini. »Meine Gedanken waren nirgends. Ich hörte dir zu, gleichzeitig träumte auch ich.«

Esat sah das alles in seinem Traum, da kam plötzlich Zehra herein.
Zehra hatte ein geblümtes Baumwollkleid an.
Esat erhob sich, zog sein Messer, nahm einen Knollenkerbel, schälte ihn und reichte ihn Zehra.
Zehra hielt einen Korb in der Hand.
Sie entnahm ihm ein gekochtes Ei, Brot und eine Tomate.
Den Knollenkerbel nahm sie später. Sie hatte auch Salz dabei.
Sie bestreute den Knollenkerbel mit Salz und aß.
Dann reichte sie Esat das Salz. Esat aß keinen Knollenkerbel. Er nahm ein Ei. Er zerbrach es. Es war ungekocht und faul.
Zehra weinte. Esat wischte seine Hand im Gras ab. Er wollte noch eine Scheibe vom Knollenkerbel schneiden. Er schnitt. Währenddessen rutschte das Messer aus, und er schnitt sich in die linke Hand. Sie fing an zu bluten.
Als Zehra das Blut sah, schrie sie laut auf.

IX

Er war an einem warmen Ort. Oder er lag im Fieber. Wo bin ich? Was ist das für ein Gestank? Und diese Hitze! Er wollte sich von dem Sofa, auf dem er lag, erheben und umherschauen.

Kaum hatte er sich halb erhoben, da wurde ihm schon schwindlig. Alles in seiner Umgebung drehte sich, und zwar so schnell, daß er es nicht ertrug, die Augen schloß und wieder auf das Sofa zurückfiel.

In diesem Augenblick hörte er eine Stimme. Eine alte, von weither kommende, gebrochene, tötende Stimme!

»Bist du wach?«

Er blinzelte mit den Augen.

Undeutlich sah er einen Menschen, der neben ihm stand und ihn anschaute. Er kannte diesen Menschen nicht.

Was er erkannte, waren nur die Gerüche, die er roch. Dennoch erinnerte er sich nicht, woher ihm diese Gerüche vertraut waren. »Wo bin ich?« fragte er, als er von neuem seine Augen aufmachen wollte und es nicht konnte.

»Du bist an einem Ort, wo dich niemand finden kann. Sprich nicht! Schlafe, wenn du kannst! Wenn du nicht schlafen kannst, werde ich dir eine Arznei zubereiten.«

Er konnte nicht schlafen. Er konnte die Augen nicht öffnen, auch nicht sprechen.

Er merkte, daß dieser Mensch, der mit ihm sprach, sich ihm näherte und sich auf die Kante des Sofas setzte.

Er spürte, daß sein Kopf von einem Arm etwas angehoben wurde und daß jemand auf seine Stirn ein nasses Tuch legte. Er nahm den scharfen und kühlen Essiggeruch dieses Tuches wahr.
Genau wie in seiner Kindheit. Jetzt rieb dieser Mensch, dessen Arm ihm den Kopf hielt, seine Schläfen mit Öl ein. Er nahm auch den Geruch des Öls wahr. Es roch nach Harz. Dann ließ dieser Mensch seinen Kopf nieder.
Er spürte, daß er aufstand, im Zimmer umherging und wieder zurückkam. Diesmal tropfte er etwas zwischen seine Lippen. Eine salzige Flüssigkeit. Er versuchte zu schlucken. Ein paar Tropfen fanden den Weg von seinem Mund in den Hals.
Er wollte von neuem sprechen, fragen, seine Augen öffnen und schauen. Nur mit Mühe konnte er seine Lippen bewegen. Seine Augenlider blinzelten. Während dieses Blinzelns sah er kleine Lichter in allen Farben glänzen. Er wollte die rechte Hand anheben und laut schreien: Das alles habe ich schon einmal gesehen. Dies kam ihm in den Sinn, er konnte aber kein einziges Wort, keine einzige Silbe über die Lippen bringen, sein Kopf fiel zurück, er versank in tiefen Schlaf.

X

Dieser Junge konnte nicht sprechen. Er konnte seine Sorgen nicht ausdrücken. Er konnte nicht einmal die Augen öffnen. Canan hatte ihn vollständig entkleidet. Sie hatte mit den Salben, die sie angefertigt hatte, seinen ganzen Körper eingerieben und ihn in ein Laken gewickelt. Er war wie tot. Nur sein Körper war nicht kalt. Im Gegenteil, er brannte wie Feuer.

Er muß schwitzen, sagte sie. Wenn er hier, mit all diesen Arzneien, nicht schwitzt, dann kann er nirgends schwitzen. Nein, sterben würde er nicht. Er ist noch sehr jung. Canan wußte, daß er nicht sterben würde. Sie wollte für ihn räuchern. Aber nicht jetzt. Wenn er etwas lebendiger geworden ist, ein bißchen zu sich gekommen ist. Vorher sollte sie ihm Knoblauchjoghurt geben. Man mußte sein Blut reinigen, sein Magen war ohnehin schon leer.

Er öffnete aber den Mund noch nicht. Er schluckte mit Mühe. Er hat wahrscheinlich auch wirres Zeug geredet. Vielleicht kam es Canan nur so vor. Sie besprengte seine Lippen mit Blütenwasser. Nein, sterben würde er nicht. Ein junger Mensch, ein Menschensohn, dem jetzt erst ein Bart wuchs, konnte nicht sterben. Sie trat zu ihm. Sie berührte das Laken, mit dem sie ihn umwickelt hatte.

Das Laken war feucht. Gut, dachte sie, er hat angefangen zu schwitzen. Die Arzneien Canans wirken.

Schau mal, auch sein Gesicht bekommt langsam Farbe. Dieses Giftgrün verläßt allmählich sein Gesicht.

Schau mal, er bewegt auch die Augenlider. Noch ein bißchen vom Blütenwasser der Mutter Canan.
Selbst Tote werden durch meine Arzneien lebendig. Auch dich werden sie lebendig machen, mein Kind. Deine Feinde sollen sterben. In dem Alter, noch so jung ...
Dann muß man ihm vom Knoblauchjoghurt geben, und danach etwas Warmes.
Kohlbrei. Zu dieser Jahreszeit Kohl, Canan? Dann Reisbrei?
Gibt es Reis im Haus? Brennesselsuppe. Ja, das ist sicherlich das beste.
Sie wird wärmen und sein Inneres gleichzeitig heilen.
Canan tat alles, wovon sie gesprochen hatte.
Als Esat die Augen öffnete, trocknete sie ihn mit einem anderen Laken ab. Das alte Laken war so naß, daß man es auswringen mußte.
Nun gab sie ihm zwei Löffel Knoblauchjoghurt.
Der Junge konnte nicht essen, er begann zu würgen.
Nach einer Weile, nachdem er erneut die Augen geöffnet hatte, konnte er ein paar Löffel von der Brennesselsuppe essen.
Das erste Wort, das er aussprach, war Wasser.
Nachdem er das Wasser getrunken hatte und bevor er seine Augen wieder schloß, sagte er: »Sage niemandem, daß ich hier bin.«
Dann schlief er wieder ein.
Als Canan das schweißnasse Laken zum Trocknen auf den Zaun im Garten legen wollte, hielt sie es zuerst in die Sonne, als wolle sie alles, was geschehen war, aus diesem Laken lesen.
Dann hielt sie das Laken an die Nase und roch daran.
Es riecht nach Mensch, murmelte sie – wie die Pest.

XI

Kini machte sich Sorgen, weil er Esat den ganzen Tag nirgends gesehen hatte.
Erst hegte er einen Verdacht: zweimal ging er nach Hause, Zehra war beide Male dort.
Dann die besorgte Frage: Wohin ist er wohl gegangen? Ist er wirklich weggegangen?
Hat er über alles nachgedacht und eingesehen, daß es zu nichts führt, und ist deshalb verschwunden? Aber wohin? Er hat keinen Pfennig. Er besaß nur die Ware aus der letzten Partie Fethi Babas, die er noch nicht hatte verkaufen können.
Nein, er geht nicht weg, sagte sich Kini, wir sind erst gestern Blutsbrüder geworden, er geht nicht weg, ohne sich von mir zu verabschieden.
Er getraute sich nicht, die Leute im Ort nach ihm zu fragen – Fethi Baba sollte nichts erfahren. Er ging in die Kaffeehäuser. Wartete darauf, daß jemand ihn fragte: Was ist denn los, du bist allein, wo ist Esat?
(Bevor sie Blutsbrüder wurden, waren sie wie Zwillinge.)
Nein, niemand fragte etwas.
Es wurde ihm bange.
Er ging unter die Weiden. Die Kinder spielten am Bach mit Spielzeugbooten.
Dann ging er zum Okmeydani. In den kleinen Seen der Albaner gab es Kinder, die nackt schwammen. Sonst keine Seele.

Ob ihm etwas zugestoßen ist?
Das würde doch sofort bekannt.
Am späten Nachmittag ging er in das Kaffeehaus des Kurden. Fethi Baba saß im Garten unter der Akazie. Alleine. Er zog an seiner Wasserpfeife.
Bevor Kini sich auf den Stuhl setzte, fragte Fethi Baba: »Was ist denn los? Dein Freund scheint geflohen zu sein.«
Kini erschrak.
»Geflohen, warum soll er denn fliehen?«
»Wenn ich das wüßte. Wo ist er denn, wenn er nicht geflohen ist?«
»Ich habe ihn nicht gesehen«, sagte Kini, seinen Blick auf die farblosen Augen Fethi Babas heftend.
»Ich habe ihn heute noch nicht gesehen, er muß gleich auftauchen.«
»Ich glaube nicht«, sagte Fethi Baba.
»Verheimlichst du etwas, Baba?« fragte Kini.
»Ich verheimliche nie etwas. Ist euch das noch nicht klar? Nie! Wenn ich etwas zu sagen habe, dann sage ich es offen. Wißt ihr das nicht?«
Er zog an seiner Wasserpfeife.
»Woher weißt du denn, daß er geflohen ist?«
»Bis heute hat man dich noch nie den ganzen Tag alleine herumlaufen sehen«, sagte Fethi Baba.
»Heute bist du alleine umhergelaufen. Als ob du einen Verschollenen suchtest.« Kini dachte: Dieser alte Hund weiß über alles Bescheid, er verfolgt alle.
»Ich weiß, was du denkst. Ich frage mich, ob er nicht vor dir flieht.«
»Warum sollte er vor mir fliehen?« fragte Kini.
»Das weiß ich nicht.«
Während er sagte »Das weiß ich nicht«, tauchte auf den

schlangenartigen Lippen dieses Mannes, der nie lachte, ein flüchtiges Lächeln auf.
Fethi Baba legte den Schlauch der Wasserpfeife auf den Tisch und rief den Jungen des Kaffeehauses:
»Bring neues Feuer, mein Kind.«

Er habe nichts zu verheimlichen, dabei hat er viel –
Wo ist er denn hin, als wir uns gestern abend verabschiedeten –
Heute nacht sollte ich bei den Landstreichern vorbeischauen, vielleicht ist er dorthin –

Ich hätte heute Zehra beinahe gefragt, ob sie ihn –
Wenn Fethi Baba ihm etwas angetan hat, aber warum sollte er –
Er ist meinetwegen geflohen, er hat es sich lange überlegt, und –
Hoffentlich geht er weit weg und kommt nie wieder, um nicht –
Vielleicht ist es für uns alle das beste, auch wenn meine Wunde blutet und mein Herz –
Vielleicht gehe auch ich eines Tages weg, sicher irgendwann –
Ja, das wäre das beste, vielleicht auch ich, eines Tages –

XII

Esat schwitzte das ganze Gift aus seinem Körper heraus. Canan wußte schon nicht mehr, wie oft sie die Laken, mit denen sie ihn umwickelte, gewechselt hatte.

Endlich öffnete Esat die Augen und schaute im Zimmer umher, in dem er sich befand. Er sah Canan, die ihn aus der Nähe mit schläfrigen Augen anblickte.

»Wo bin ich?« fragte er.

»Du bist im Paradies«, antwortete Canan.

»Was war los mit mir?«

»Das mußt du wissen, mein Sohn.«

»Ich erinnere mich an nichts.«

»Wenn sie getötet haben, sprechen sie genauso«, sagte Canan.

»Wenn sie getötet haben?« fragte Esat. »Habe ich jemanden getötet?«

»Du hast niemanden getötet, mein Sohn. Sprich nicht gleich soviel! Du bist müde. Du hast zwei Tage lang nichts gegessen. Du wärst beinahe gestorben. Trink jetzt einen Schluck!«

Er nahm die Tasse, die sie ihm reichte, und führte sie zu seinen fiebergeplatzten Lippen.

Bevor er den Geschmack der Flüssigkeit verspürte, drang ihr Geruch an seine Nase. Viele Gerüche waren eingemischt und bildeten nun einen einzigen. Esat konnte sie nicht benennen. Er wußte nur, daß das alles Gerüche von Wildpflanzen waren. Seine Nase verriet es ihm.

»Was war mit mir los, Mutter?«

»Nichts«, sagte Canan. »Du warst wie ein Toter und hast hier Zuflucht gesucht. Du hast sicherlich keinen anderen Unterschlupf gefunden. Bist du geflohen?«

»Ja«, sagte Esat.

»Vor wem?« fragte Canan.

»Ich weiß nicht.«

»Ruh' dich noch ein wenig aus, zerbrich dir nicht den Kopf! Niemand wird dich hier finden. Inzwischen kannst du wieder ganz zu dir kommen und überlegen, von wem, warum und wieso du geflohen bist.«

Esat reichte ihr die leere Tasse.

Er war schon wieder müde.

Was habe ich in diesem scheußlichen Zimmer –
Was ist das für eine Frau, daß sie mich –
Was habe ich wohl getan, daß ich mich an nichts erinnere und überall blaue Flecken –
Wie bin ich bloß hierhergekommen, hat es keinen anderen Ort gegeben, wohin ich –

Ob sie mich suchen, Fethi Baba, Kini, Zehra und die Polizei –
Wäre ich doch nur gestorben, ohne es zu merken –
Wäre ich doch weg, ganz weg –
Wo sind meine Kleider, ich bin ganz nackt unter diesem Laken –
Meine Augenlider sind schwer wie Blei, und die Räuchergerüche –
Schlaf schlaf schla –

XIII

Ich habe ihr gesagt, daß ich liebe. Der Magierin Canan.
Warum habe ich's gesagt? Damit sie helfe?
Sie half mir.
Schon seit langem. Sie hat mich vom Tode errettet. Vielleicht wollte ich, daß sie mich noch einmal rettet, deshalb habe ich ihr gesagt, was ich sonst niemandem gesagt hatte.
»Hat die Liebe dich so zugerichtet?« fragte Canan. »Darüber wundere ich mich nicht.«
»Nicht nur die Liebe, Mutter, auch die Verzweiflung.«
Die Verzweiflung, sagte ich, die Verzweiflung, die Verzweiflung, die Verzweiflung.
»Weine nicht«, sagte Canan. »Sei still, weine nicht, auch gegen die Verzweiflung findet man ein Mittel.«
Sie wußte aber auch, daß es kein Mittel gegen unsere Verzweiflung gibt.
Wir sind in diesem Leben Reisende eines anderen Lebens, und diese Reise wird nicht lange dauern.
»Ist dir das alles in den Sinn gekommen, nachdem du dich verliebt hast?« fragte Canan.
»So ist es, Mutter«, sagte ich.
»Und was nun?« fragte sie.
»Nun werde ich versuchen, so wie alle anderen zu sein. Ich werde arbeiten. Eine Arbeit finden. Das heißt, ich werde versuchen, eine Arbeit zu finden. Denn es kann nicht so weitergehen.«

Canans Blicke hefteten sich auf mich, als ob sie mich mit ihren Augen verschlingen wollte. Ich bekam Angst.
»Schau mich nicht so an, Mutter«, sagte ich.
»Brauchst keine Angst zu haben. Ich schaue dich nicht an. Ich versuche, aus deinem Gesicht dein Schicksal zu lesen.«
Ich schloß die Augen. Vielleicht würde sie so besser lesen können.
Als ich meine Augen öffnete, war Canan nicht mehr im Zimmer.

XIV

Hast du die Augen von Fethi Baba gesehen, fragte sich Çakir. Seine Augen sind farblos.
Wie kann dieser Alte so terrorisieren, das verstehe ich nicht.
Der Teufel sagt mir, zieh dein Messer und töte den Schuft, damit alle gerettet sind und du ein Held wirst. Aber selbst wenn ich ihn töte, wird ein Buckliger ewig ein Buckliger bleiben und niemals ein Held werden.
Frag nicht, warum das so ist, denn aus einem Buckligen wird kein harter Bursche.
Eigentlich möchte ich diesen Dreckskerl durchlöchern.
Er hat viel Blut vergossen. Je mehr Blut floß, desto mehr wurde er geachtet.
Nicht aus Respekt, sondern aus Angst.
Ich habe meine Pferde.
Er hat gar nichts.
Er schläft ängstlich auf Matratzen.
Ich jedoch ruhig auf einem Strohlager.
Dennoch . . .

XV

Sie sind, sagt Çakir, sie sind Wölfe.
Sie werden, sagt Çakir, sie werden sich schließlich gegenseitig auffressen.
Sie schaden, sagt Çakir, sie schaden nur einander.
Sie ähneln, sagt Çakir, mache deine Augen auf und sieh hin, sie ähneln niemandem außer sich selbst.
Sie sind, sagt Çakir, zumeist gute Menschen, sie schaden niemandem weiter als sich selbst. Aber es bleibt ein Schaden.
Ich war auch einer von ihnen, sagt Çakir. Erst später habe ich die Pferde gemocht.
Ihr Leben, sagt Çakir, ihr Leben ist ihr Tod.
Sie, sagt Çakir, wissen es. Aber sie leben dennoch so.
Sie, sagt Çakir, leiden nie.
Sie, sagt Çakir, leiden sehr, zeigen es aber nicht.
Sie haben keinen Ausweg, sagt Çakir. So schmelzen sie hin. Bevor sie ihre Jugend genießen konnten.
Sie haben diesen Weg gewählt, sagt Çakir, vergiß das nicht, Kind, jeder hat in diesem Leben einen Weg, aber nicht jeder kann seinen Weg, sei er gut oder schlecht, selber wählen.
Es ist schade um diese Kinder, sagt Çakir. Wie könnte es wohl auch anders sein.
Çakir seufzt: Keiner von ihnen ist ein schlechter Mensch.
Ich kenne sie alle.
Keiner . . .

XVI

Sie kommen wegen Liebe, einer liebt, der andere liebt nicht, der Liebende erwartet eine Erwiderung, das ist mein Lieblingszauber, LIEBES-Zauber. Es sind immer die Frauen, die kommen; wenn ein Mann verliebt ist, dann kommt seine Schwester, seine Mutter, seine Schwägerin, seine Tante, was weiß ich, aber es sind immer die Frauen, die kommen. Die Frauen kommen natürlich auch ihrer selbst wegen.
Mehr wegen des Zuneigungszaubers. Ach, habe ich sie gerne, diese beiden Zauber, ich handle, indem ich fest daran glaube, daß es auch in Erfüllung geht. All mein Wissen wende ich an, ich denke stundenlang nach; sogar tagelang, ich träume nachts davon, in meinen Träumen lieben sie sich, machen Liebe miteinander, ich bringe ihre Lippen zusammen, lasse sie nackt werden, lasse sie einander umarmen, nachts mache ich Feuer, auch wenn es Sommer ist, Liebesfeuer, meinen Zauber übe ich mit diesem Feuer aus, meinen Zauber der Güte, der Liebe, der Zuneigung, für Frauen mit langem blondem Haar, für Männer mit schwarzen Augen, mit schwarzen Augenbrauen, für Frauen mit heller Haut voller Muttermale, damit ihre Männer sie lieben, feurig, feurig ... Aber diesmal ist es ein Mann, der da auf der Matratze liegt, und zwar auf meiner Matratze, und nackt, splitternackt sagte er mir, daß er verliebt sei und sterben wolle, ich glaube, weil er annahm, er werde sie nie haben können. Ich habe

ihm gesagt, daß ich seine Geliebte zu ihm bringen werde, wenn auch nur für ein einziges Mal. Ein einziges Mal, alles andere gehe mich nichts an, sagte ich. Denn die Liebe dieser Menschen ist ausweglos, sie werden sie nicht leben lassen, nicht die bösen Geister, sondern die Menschen selbst.

Ich versprach es ihm. Dann fragte ich aus Neugierde: Hast du am vergangenen Abend deswegen an meine Tür geklopft?

Ach, Mutter, sagte er, weder wußte ich, warum ich angeklopft habe, noch an welche Tür ich klopfte. Ich weiß nur, daß in der Tiefe der Nacht einzig aus deiner Hütte Licht kam.

Dies sagte er. Er zitterte immer noch.

XVII

Kini strich auch noch am zweiten Tag umher, seit er Esat vermißte. Vom Sogutlüdere ging er zum Friedhof. Er überquerte den Doymazdere. Durch die Gemüsegärten gelangte er dann zum Okmeydani. Außer auf den albanischen Gärtner und den Zigeuner, die Glas, Zink und Kupferteile im Müll sammelten, traf er auf niemanden.
Als er zur Kanzel kam, wohin er Esat gebracht hatte, um ihre Freundschaft zu beenden und ihm eine Lektion zu erteilen, die er niemals vergessen würde, war er in Schweiß gebadet. Er zog das Hemd aus und hing es an das Marmorgeländer der Kanzel. Auch jetzt wehte hier wie immer ein Wind, der seinen Schweiß im Nu trocknete. Auf dem riesigen Platz war außer ihm niemand zu sehen. Niemand. Meistens waren hier Kinder, die Schafe weiden ließen und währenddessen Ball spielten. Manchmal mischte auch Kini sich unter sie, um sich zu vergnügen. Die Kinder freuten sich, wenn Kini mit ihnen spielte. Heute waren keine ballspielenden Kinder da. Auch keine Kinder, die Drachen steigen ließen. Ihre Schafe waren ebenfalls nicht da. Ihre Hunde auch nicht. Er hob den Kopf zum Himmel. Die Sonne blendete ihn, seine geblendeten Augen konnten dennoch einen Habicht wahrnehmen, der über der Kanzel kreiste. Kini schaute sich um. Er sah weder auf dem Boden noch im Gebüsch einen Vogel. Warum kreist dieser Habicht über mir? dachte er. Dann sagte er plötzlich: Wenn du, Fethi Baba, ihm, meinem

Blutsbruder, etwas angetan hast, werde ich dir antun, was dir bis heute kein Mensch angetan hat, deine Leber werde ich herausreißen und als Futter diesem Habicht auf diese Kanzel legen; wehe dir, wenn du ihm etwas angetan hast...

Aber warum sollte er Esat etwas antun? dachte er sogleich.

Aus Angst, gab er sich zur Antwort.

Aber warum sollte er Angst haben? fragte er.

Niemand hatte Fethi Baba je schlafen sehen. Die, die ihn kannten, sagten, er schlafe nie. Auch wenn er schläft, schläft er nur dann, wenn ihn niemand sieht. Es sei denn, er schläft mit offenen Augen.

Wenn er nicht schläft oder nur mit offenen Augen, dann heißt das, daß er Angst hat.

Weil er Angst hat, befürchtet er also etwas. Auch von Esat. Er hielt inne. Auch von mir. Vielleicht hat er auch vor mir Angst. Ohne Zweifel.

Er hat vor allen Angst. Was könnte der Grund seiner Grausamkeit sein außer Angst?

Ich werde ihn umbringen, mit offenen Augen, falls er ihm etwas angetan haben sollte.

Oder antun ließ. Mit offenen Augen. Ich werde die Angst aus seinen Augen lesen.

Er nahm das Hemd vom Marmorgeländer der Kanzel, es war schon trocken.

Während er es anzog, murmelte er zwischen seinen Zähnen: Ach du, Esat, du.

XVIII

Fethi Baba ließ Kini zu sich rufen.

Kini wurde empfangen: Fethi Baba saß mit übereinandergeschlagenen Beinen auf dem Sofa und rauchte an seiner Wasserpfeife, sein bartloser Jüngling, Kenan, stand daneben.

»Wohin soll das führen?«

Kini fragte nicht nach.

Fethi Baba: »Hoffentlich ist dein Junge nicht erwischt worden.«

Kini: »Welcher Junge?«

»Welcher Junge wohl, dein Blutsbruder.«

»Er ist nicht ein Junge, er ist mein Blutsbruder.«

Fethi Baba blickte Kenan aus dem Augenwinkel an. Kenans Gesicht war purpurrot.

»Ich hoffe, daß er nicht singt, falls er erwischt worden ist. Singt und uns verrät.«

»Das tut er nicht, mach dir keine Sorgen«, sagte Kini.

Er schaute ihm in die Augen, er sah in diesen farblosen Augen weder Besorgnis noch Angst. Nichts. Kein einziges Gefühl, das ihn verriet.

Kini fragte: »Weißt du etwas?«

»Ich weiß gar nichts«, sagte Fethi Baba. »Aber ich weiß alles.«

»Weißt du auch, wo er ist?« fragte Kini.

»Ich nicht, aber vielleicht weißt du es.«

»Ach! Wenn ich es bloß wüßte.«

»Du weißt es also nicht. Und ich glaubte . . .«
»Was?« fragte Kini voller Neugier. Er sah ihm wieder in die Augen.
»Ich dachte, daß du ihn weggeschickt hättest«, antwortete Fethi Baba.
»Warum sollte ich ihn wegschicken?«
»Vielleicht, um etwas zu retten.« Fethi Baba schaute Kenan wieder aus den Augenwinkeln an.
Kenan lächelte.
»Ich habe nichts zu retten«, sagte Kini.
Er schwieg einen Augenblick, dann fuhr er fort:
»Aber Esat würde ich retten, wo immer es auch sei.«
»Die Verliebten und die Ängstlichen kann niemand retten.«
»Nur diese nicht?« fragte Kini.
»Wen gibt es denn noch?« Argwohn (dieser Junge verheimlicht einiges) lag in seinen Worten.
»Wer weiß«, sagte er.
Diesmal war es Kini, der lächelte.

Werde ich etwa alt, daß diese jungen Leute so zu mir reden –
Er scheint etwas zu verheimlichen, ob er ihm ver –
Falls er erwischt worden ist und gesungen hat, was –
Es ist nicht schlimm, in den Knast zu gehen, aber aus so einem Grund –
Wenn die so reden, sagt der Teufel in mir, schlag ihnen –
Es gibt keinen Respekt mehr, auch draußen ist es wie im Knast –
Sie leben mit mir, aber erfahren nichts –
Nächtelang denke ich, ein Leben lang –
Sie müssen als erstes lernen, daß wir anders als andere Menschen –
Nicht einmal das verstehen sie, ich kann es ihnen nicht klarmachen, meine Augen sind auf –
Wie schlimm sieht das Ende des Lebens aus, wenn nicht alles seinen Platz –
Nein, so geht das nicht weiter, komm zu Dir, Fethi Baba, zeige es diesen Sprößlingen, daß du noch, daß du noch –

XIX

Kennst du die Einsamkeit, mein Sohn?
Du kennst sie sicherlich nicht.
Nicht in deinem Alter.
Weißt du, was es heißt, die Einsamkeit im Stall mit den Pferden zu teilen?
Du kannst es nicht wissen.
Niemand kann es wissen.
Niemand außer dem, der einen Buckel hat und in einem Stall bei seinen Pferden schläft.
Es ist nichts Fürchterliches.
Es ist sogar überhaupt nichts Schlimmes.
Nicht weit weg lebt die Magierin Canan.
Eines Tages ging ich zu ihr.
Ich fragte sie, wie sie alleine leben könne.
Mit meinen Katzen, sagte sie.
Und ich lebe mit meinen Pferden, sagte ich.
Eines Tages fragte ich deinen Vater. Er sagte dasselbe, mit den Vögeln, sagte er.
Wenn du dich daran gewöhnt hast, alleine zu leben, dann gibt es nichts zu fürchten.
Du kannst sogar den Tod lächelnd empfangen.
Aber den Tod deines Pferdes hast du nicht verkraftet, sagte ich ihm.
Richtig, sagte er. Dann fügte er hinzu: Ich war es ja nicht, der starb.

XX

Am dritten Tag seit Esat verschollen war, verließ Zehra frühmorgens das Haus, um in die Schule zu gehen. Sie verzehrte sich innerlich.

Bis zur Anlegestelle war sie hin- und hergerissen. Aber als sie den Landesteg erreichte, sah sie das Schiff anlegen. Sie blieb stehen. Sie schaute zuerst nach rechts, dann nach links und lief zur Landebrücke. Sie kaufte ihre Fahrkarte und ging durch das geöffnete Tor zum Schiff.

Trotz des Freitags war der Hof der Eyüp-Moschee in dieser frühen Morgenstunde noch nicht sehr voll.

Zehra fütterte die Tauben.

Dann näherte sie sich dem Grabmal. Sie berührte sein Gemäuer mit ihrem Gesicht, öffnete beide Hände und flehte:

Er soll zurückkehren. Wenn er nicht tot ist, schicke ihn zu mir, Lieber Gott, ich werde ihn von all seinen bisherigen Sünden erlösen. Wenn er zurückkehrt, opfere ich einen Hahn.

Verzeihe auch mir die Sünden, Lieber Gott. Heiliger Eyüp-Sultan, vergib uns. Er soll nicht sterben, sondern zurückkommen, wenn er nicht tot ist. Wenn er tot ist ... dann laß auch mich sterben ...

Plötzlich hörte sie eine Stimme hinter sich: »Warum weinst du, meine Tochter, warum, mein Kind?

Man weint nicht in deinem Alter. Wenn man in diesem Alter weint, trocknet die Tränenquelle aus, dann kann man nicht mehr weinen, wenn man weinen muß ...«

Zehra kannte diese Stimme irgendwoher.
Sie drehte sich um: es war Canan.
Es verschlug ihr den Atem: Was suchte diese Hexe hier?
Sie gab keine Antwort, entfernte sich vom Grabmal, überquerte den Hof und rannte durch eines der Tore hinaus.
Sie kam zum Spielzeugmarkt. Vor den Läden waren Spielzeuge aus Holz und Blech ausgestellt für die Kinder der Armen.
Wagen, Pferde, Akrobaten, Wiegen, Trommeln, Puppen . . .
Als ob all diese Spielzeuge für arme Kinder Zaubereien von Canan wären.
Sie lief zur Anlegestelle zurück.
Kein Schiff war weit und breit zu sehen.
Sie ging in die Wartehalle und setzte sich auf eine Bank. Niemand war außer ihr dort, die Kasse war geschlossen, auch der Matrose war nicht zu sehen.
Sie begann zu weinen: Warum bin ich hergekommen? Warum bin ich dieser Frau begegnet?
Sie wandte den Kopf zum Meer, während sie innerlich weinte, und merkte jetzt, daß das Schiff angelegt hatte und eine hauptsächlich aus Frauen bestehende Menschenmenge das Schiff verließ. Sie stand auf, kaufte an der Kasse ihre Fahrkarte und bestieg mit einigen anderen das Schiff. In der unteren Kabine war sie die einzige Person. Sie setzte sich ans Fenster und schaute zum anderen Ufer, nach Sütlüce. Das einzige Schlachthaus der Stadt, gelb angestrichen, stand dort auf der gegenüberliegenden Seite.
Als das Schiff in Sütlüce anlegte, roch sie schweren Blutgeruch.
Sie hätte sich beinahe erbrochen. Sogar die Farbe des Meeres hatte sich verändert, das Blau war zu einem Vio-

lett mit einem schlammgrünen Hauch geworden. Ich werde mich übergeben, sagte sie, sprang von ihrem Platz auf und lief nach Steuerbord. Niemand war zu sehen. Sie erbrach sich ins Meer.

XXI

Canan näherte sich Zehra.
»Warte meine Tochter, warte, hab keine Angst, ich helfe dir.«
Zehra fürchtete sich, als wäre sie bei einem Vergehen ertappt worden.
Ihre Augen weiteten sich.
Sie wollte fliehen. Aber wohin auf dem Schiff?
»Laß mich«, sagte sie.
»Ich kann nicht«, sagte Canan. »Warum fürchtest du dich. Ich will nur dein Bestes ...«
»Ich habe nichts mit Hexen zu tun«, fiel Zehra ihr ins Wort.
»Aber ich habe mit dir zu tun.«
»Was kannst du mit mir zu tun haben?«
Sie sprach zu Canan mit abgewandtem Rücken. Als ob sie das Gefühl hätte, eine Sünde zu begehen, wenn sie ihr ins Gesicht schaute.
»Betrachte mich nicht als Hexe. Sieh mich als Esats Mutter«, sagte Canan.
»Esats Mutter?« Zehra drehte sich um, das erste Mal schauten sie einander in die Augen.
»Betrachte mich so«, sagte Canan, »denn ich handle zu euerm Wohl. Was hätte ich sonst an diesem heiligen Freitag beim heiligen Eyüp-Sultan zu tun?«
»Warum bist du gekommen?« fragte Zehra.
»Um dich zu sehen.«

»Woher wußtest du, daß ich herkomme? Selbst ich wußte nicht, bis ich zur Anlegestelle kam und das Schiff sah, daß ich herkommen und ein Opfer versprechen würde.«
»Wohin könntest du denn sonst gehen am ersten Trennungsfreitag?«
Zehra schwieg.
Wußte sie darüber Bescheid? Hatte sie davon gehört?
Nein, sie wußte nichts, sie hatte nichts gehört.
Nein, sie hatte nichts gehört, aber sie wußte es.
Sie schwieg.
»Hast du dein Opfer versprochen?«
»Ja«, sagte Zehra.
»Was ist es?«
»Ein Hahn.«
»Ja natürlich«, sagte Canan, »was könntest du sonst versprochen haben.«

Mir hat er gesagt, er habe das Mädchen nicht berührt, dieser Schuft, er lügt –
Das Mädchen ist schwanger, weiß nicht, was sie machen soll, sucht in Eyüp ihre Rettung –
Sie bekam Angst, als sie mich sah, das arme Kind, besser sterben, als in schlechten Ruf –
Ich wollte ihr meine Hand reichen, ließ sie aber erst erbrechen, damit sie zu sich –
Diese Schufte, die weder der Liebe noch dem Leben –
Ich beherrsche keinen bösen Zauber, aber diese Schufte können einen –
Ich werde einen Zauber erfinden, daß alle, die gegen die Liebe sind, es bereuen werden, daß sie –
Gott, auch du erbarmst dich nicht dieser Menschen, als ob es niemanden außer mir gäbe –

Als ich die Hexe Canan dort am Grabmal sah, fürchtete ich mich, denn sie –
Wer könnte sie geschickt haben, hierher, am heiligen Freitag, denn sie –
Sie wollte mit mir sprechen, aber ich lief davon, denn sie ist –
Der Blutgeruch auf dem Schiff brachte meinen Magen durcheinander, denn sie –
Ich erbrach, denn vielleicht ist es nicht der Geruch, sondern sie –
Sie war plötzlich bei mir, als ich ins Meer erbrach und sie –
Sie sagte, ich solle sie als Esats Mutter betrachten, was soll das heißen, oder ist sie –

Da sie wußte, daß ich hierherkommen würde, ist sie –
Sie fragte mich nach meiner Opfergabe, und ich sagte es ihr –
Sicherlich ist sie meine einzige Hoffnung, wer sonst, warum, mein Gott, so ist es, nur sie –

XXII

Sie gingen gemeinsam von Bord. Entfernten sich gemeinsam von der Anlegestelle.

Auf der Straße gingen sie Seite an Seite.

Zehra dachte, woher nehme ich bloß den Mut dazu?

Jetzt hatte sie keine Angst mehr.

»Wohin gehen wir?« fragte sie.

»Wohin? Du läufst neben mir her, ohne zu wissen, daß ich dich zu ihm führe?«

Zehras Herz zog sich zusammen, sie lief schneller.

»Warte, lauf nicht so schnell, ich komme nicht nach«, sagte Canan.

Zehra war dem Sterben nahe.

»Wo ist er?«

»Geduld, nicht weit von hier.«

Sie paßte ihre Schritte widerstrebend der alten Frau an.

Der Weg schien nicht zu enden. Und Canan schien absichtlich langsam zu gehen.

Endlich kamen sie nach Zindanarkasi.

Im Kaffeehaus unter dem Ahornbaum auf dem Platz war Gott sei Dank keine Seele zu sehen.

Sie gingen in das Viertel der Blechbaracken gegenüber vom Friedhof.

Vor Canans Hütte blieben sie stehen.

Canan sagte: »Warte hier!«

Sie schob die Tür auf und ging hinein.

Zehra wartete nicht, sie ging hinter ihr ebenfalls hinein.

In dem Augenblick, als sie eintrat, roch sie einen seltsamen Geruch, besser gesagt, verschiedene Gerüche.
Es war kein Weihrauch, kein Essen. Es war auch kein Wachs. Es war keiner dieser Übelkeit verursachenden Gerüche.
Es war dermaßen dunkel hier, daß das Auge, das die Quelle dieser Gerüche nicht sah, der Nase nicht helfen konnte.
Es wurde ihr wieder übel. Dennoch lief sie nicht hinaus an die frische Luft.
Sie schluckte. »Ich werde es auf mich nehmen.«
Die alte Frau rief in die Dunkelheit hinein:
»Wach auf, mein Kind, ich habe sie gebracht, wie ich es versprochen habe.«
Aus der Dunkelheit vernahm man nichts, keine Bewegung, kein Atmen eines schlafenden Lebewesens.
Nur der Geruch, die Gerüche, das war alles.
Dann der herzzerreißende Schrei Canans: »Oh, mein Kind! Warum habe ich dich allein gelassen.«
Sie rannte hinaus und fing an, sich unter Klagen auf die Brust zu schlagen.
Als Zehras Augen sich an die Dunkelheit gewöhnt hatten, sah sie auf der Matratze am Boden einen splitternackten Männerkörper; sie sah, daß er in seinem Blut lag.
Als sie hinausrannte und Canan sah, die sich auf der Erde krümmte und weinte, schrie sie nicht, sie erstarrte – sie schaute zum Doymazdere hinüber, der zwischen zwei Grabsteinen zu sehen war.
Sie sagte kein einziges Wort. Keine einzige Silbe. Sie legte sich der Länge nach auf die Erde.

XXIII

An jenem Tag gingen bis zum Abend die Gerüchte über eine Kette von Mordanschlägen in allen Bezirken Istanbuls um.

Als die Polizei wegen Esats Ermordung Fethi Baba aufsuchte, fand man ihn mit seinem Knaben tot auf.

Fethi Baba war direkt unterhalb der linken Brust und Kenan am Hals erstochen worden.

Neben seiner rechten Hand war Fethi Babas berühmtes Bursa-Messer zu sehen. Offensichtlich hatte er keine Zeit gehabt, es zu benutzen.

Alle Abendzeitungen brachten zum ersten Mal seit den letzten Wahlen eine zweite Auflage. Die erste Seite der Zeitung »Son Posta« zeigte ein Jugendporträt Fethi Babas, das sicherlich mit Bleistift einem Foto nachgezeichnet worden war und auf dem er mit Fez auf dem Kopf und einer Zigarettenspitze ohne Zigarette zu sehen war.

Auch der Untertitel war interessant: Der Wasserkrug geht solange zum Brunnen, bis er bricht.

Viele Kleinhändler Istanbuls, Bäcker, Gemüsehändler, Süßwarenverkäufer, Krämer, Kinobesitzer, Verkäufer von Eingelegtem, kauften die Zeitung. Barfüßig von Ecke zu Ecke rennende Zeitungsjungen verkündeten schreiend den Mord. Die Leute schauten erst das Bild an, lasen dann die Nachricht und atmeten auf. Viele von ihnen spuckten auf das Bild und sagten: »Endlich sind wir diesen Hund los.«

Die Polizei beschäftigte sich nicht mit dem Mord. Die Schufte haben sich gegenseitig umgebracht, war die Erklärung. Diese Erklärung verbreitete sich so sehr, daß man in den Gefängniszellen annahm, die Polizei habe Fethi Baba in die Falle gelockt und umgebracht.

Kini dagegen wurde nach jenem Tag für lange Jahre von niemandem mehr gesehen.

Januar 1984 / August 1987